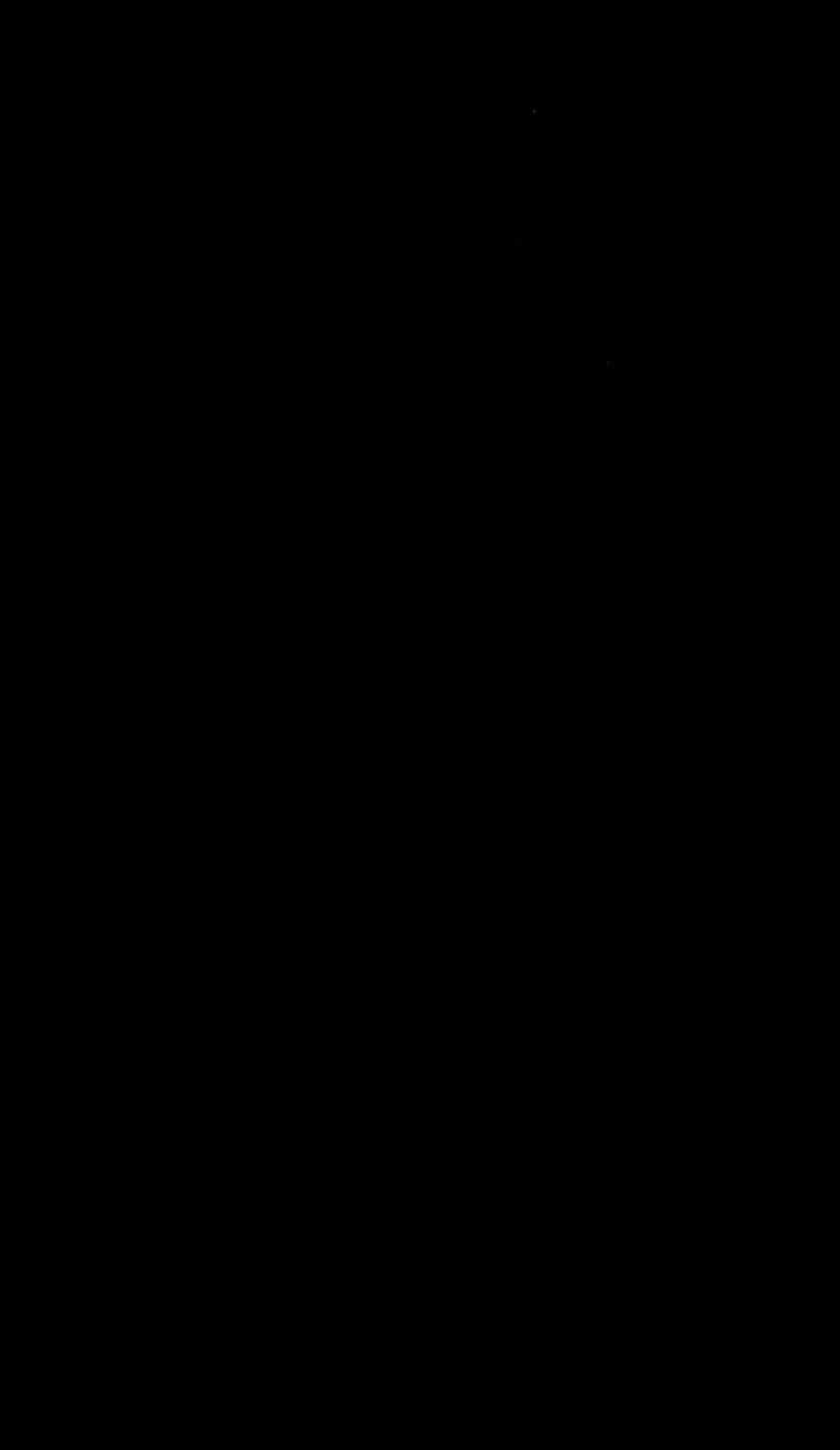

Brigitte Giraud

Schnell leben

Aus dem Französischen
von Michael Kleeberg

FRANKFURTER  VERLAGSANSTALT

FVA

Für Théo

Schreiben, das heißt an den Ort geführt werden,
den man gerne vermeiden würde.
Patrick Autréaux

Nachdem ich lange Monate widerstanden hatte, nachdem ich die tägliche Belagerung durch die Bauunternehmer beharrlich ignoriert hatte, die mich bedrängten, ihnen das Anwesen zu überlassen, habe ich schließlich die Waffen gestreckt.

Heute habe ich den Vertrag über den Verkauf des Hauses unterschrieben.

Wenn ich Haus sage, dann meine ich das Haus, das ich vor zwanzig Jahren mit Claude gekauft habe und in dem er nie gelebt hat.

Wegen des Unfalls. Wegen dieses Junitags, an dem er auf einem Boulevard in der Stadt ein Motorrad hochbeschleunigt hat, das nicht seines war. Vielleicht im Geiste von Lou Reed, der geschrieben hatte *Live fast, die young*, irgend so etwas, in dem Buch, das Claude zu der Zeit las und das ich auf dem Parkettboden neben dem Bett entdeckte. Und das ich dann in der Nacht darauf durchblätterte. *Einen auf fies machen. Alles verkacken.*

Ich habe meine Seele verkauft und vielleicht auch seine.

Der Bauunternehmer hat bereits mehrere Grundstücke gekauft, auch das des Nachbarn, auf das er ein Mietshaus stellen will, das unseren Garten überragen wird, das mit seinen vier Stockwerken meine Privatsphäre erschlagen und außerdem auch noch das ganze Haus verschatten wird. Dann ist es vorbei mit Ruhe und Licht. Die Natur, die mich umgibt, wird sich in Beton verwandeln, und die Landschaft verschwindet. Der Weg gegenüber soll zu einer Straße ausgebaut werden, die mein Eigentum beschneiden wird, damit man in Zukunft leichter mit dem Auto in diese Ecke kommt, die jetzt zum Wohnviertel werden soll. Alles Vogelgezwitscher wird von Motorengeräusch übertönt werden. Und Bulldozer werden alles plattmachen, was zuvor noch lebendig war.

Als wir gekauft haben, Claude und ich, in jenem Jahr 1999, als der Franc gegen den Euro eingetauscht wurde, was uns bei jeder Ausgabe zu einer entwürdigenden Dreisatzrechnung zwang, hieß es im Flächennutzungsplan, dass wir uns in einem *Landschaftsschutzgebiet* befanden, mit anderen Worten, dass dort nicht gebaut werden dürfte. Der Eigentümer des Nachbarhauses wies uns darauf hin, dass es verboten war, Bäume zu fällen, andernfalls sie durch neue ersetzt werden mussten. Jeder

Quadratmeter Natur war heilig. Und genau das war der Grund, warum dieser Ort uns bezaubert hatte. Dort, am Rande der Stadt, würden wir völlig versteckt leben können. Es gab einen Kirschbaum vor den Fenstern, einen Ahorn, den ein Sturm in dem Jahr entwurzelt hat, in dem ich nach Algerien zurückgekehrt bin, und eine Atlaszeder, über die ich erst kürzlich gelernt habe, dass ihr Harz zum Einbalsamieren von Mumien verwendet wurde. Andere Bäume sind später gepflanzt worden, von mir, oder sind auch einfach so gewachsen, wie der Feigenbaum, der sich an der hinteren Mauer eingerichtet hat, und jeder erzählt eine eigene Geschichte. Aber Claude hat von alledem nichts gesehen. Er hatte nur gerade Zeit vorbeizukommen und einen anerkennenden Pfiff auszustoßen, die gigantische Arbeit abzusehen, die auf uns zukommen würde und sich einen Ort auszugucken, an dem er sein Motorrad abstellen würde. Er hat Zeit gehabt, die Oberflächen auszumessen, sich mit ein paar in die Luft gezeichneten Gesten das Ganze vorzustellen, den Notarvertrag zu unterschreiben und ein paar ironische Bemerkungen zu machen, als bei der Volksbank der jeweilige Anteil der Kreditversicherung für uns beide festgelegt wurde. Das Anwesen hatte Potenzial, wie man im Maklerjargon sagt. Und der Gedanke an die Renovierung elek-

trisierte uns. Wir würden laute Musik hören können, ohne den Nachbarn zu stören, der die Bäume
zählte und dessen riesiges Grundstück sich hinter
einer natürlich gewachsenen Hecke erstreckte. Wir
könnten unsere Koffer für ein ganzes Leben abstellen und alle möglichen Pläne ins Blaue hinein
entwerfen.

Ich bin dann schließlich alleine mit unserem Sohn
eingezogen, mitten in einer ziemlich brutalen chro-
nologischen Abfolge der Ereignisse. Unterzeich-
nung des Kaufvertrags. Unfall. Umzug. Begräbnis.
Die wahnsinnigste Beschleunigung, die mein Leben je mitgemacht hat. Wie eine Achterbahnfahrt
mit wehendem Haar, und dann entgleist das
Wägelchen bei vollem Tempo.

Ich schreibe an diesem weitentfernten Ort, an dem
ich gelandet bin, und von dem aus ich die Welt
wahrnehme wie einen etwas körnigen Film, der
lange Zeit ohne mich gedreht worden ist.

Das Haus war zum Zeugen meines Lebens ohne
Claude geworden. Ein Gerippe, in dem zu leben
ich mir erst langsam angewöhnen musste. Und
wo ich zur Zeit meiner größten Wut die Zwischenwände mit dem Vorschlaghammer einschlug. Es
war ein etwas windschiefes Haus, und das Grundstück, das wir gehofft hatten, in einen Garten zu

verwandeln, musste gerodet werden. Anstatt zu renovieren, hatte ich den Eindruck einzureißen, zu zerstören, allem den Krieg zu erklären, was sich mir widersetzte, Gips, Mauerwerk, Holz und jedes weitere Material, dem ich Schmerzen zufügen konnte, ohne dafür ins Gefängnis zu müssen. Das war meine winzige Rache am Schicksal: eine Blechtür eintreten, eine Jutesackleinwand mit der Schere traktieren, Fensterglas zerschlagen und dabei schreien.

Und zugleich musste ich versuchen, im Herzen des Chaos einen Kokon zu schaffen, damit unser Sohn geschützt vor ihm einschlafen konnte. Ein kleiner Fuchsbau in hellen Farben mit Kopfkissen und Federbett und trotz allem über dem Bett angebrachten Zeichnungen und einem kuschligen Teppich, ein Schutzraum gegen die Angst und die nächtlichen Gespenster.

Im Laufe der Jahre habe ich es geschafft, dieses Haus zu zähmen, das mir so gegen den Strich ging. Nachdem ich wie eine Schlafwandlerin in diesen Mauern gelebt hatte, Morgen und Abend verwechselte, hörte ich schließlich auf, mir den Kopf an den Wänden einzurennen und begann sie neu zu streichen. Ich hörte auf, die Zwischenwände und -decken zu demolieren und jeden Quadratmeter wie einen persönlichen Feind zu betrachten. Ich habe meine Wut bezwungen und mich dreingegeben, die Kleider einer zivilisierten Person anzulegen. Ich musste irgendwie wieder auf den Marktplatz der Lebenden zurückkehren. Wenn mich jemand als Witwe titulierte, brannte ich ihn mit dem Flammenwerfer nieder. Gramgebeugt ja, aber Witwe: niemals.

Aber ich musste erst noch mit dem Unkraut fertig werden, das den Garten eroberte. Monatelang habe ich alles ausgerissen, was mir unter die Finger kam, mit den immergleichen beunruhigenden Gesten, ich lernte dabei die Namen von Kriechquecke, Eiternessel und Portulak kennen, die ich alle bei Anbruch der Nacht heimlich in einer Blechtonne verbrannte (offenes Feuer war wegen des Feinstaubs verboten). Ich habe die schädlichen und invasiven Pflanzen wie Ambrosia oder Efeu beseitigt, der im Schatten wucherte, und bei meiner Jagd auf Unkraut nicht nur das Grundstück gesäubert, sondern zugleich auch die Schatten unter meiner Schädeldecke vertrieben.

Stückchen für Stückchen begann ich, das Haus auf *bürgerliche* Art und Weise zu bewohnen, so wie es auch eine der Klauseln des Versicherungsvertrags vorschrieb, den ich unterschrieben hatte, damit wir im Falle von Feuer- und Wasserschäden oder Einbruch geschützt wären (wie schon Murphys Gesetz sagt, hat kein Unheil je ein anderes verhindert, was mir durchaus bewusst war). Ich war nicht mehr so wütend und schaffte es auch, die Pläne für die beiden Stockwerke zu zeichnen, so, wie wir sie uns vorgestellt hatten, Claude und ich. Ich wusste ganz genau, was ihm gefallen hätte und welche Materialien er im Kopf gehabt hatte, und ich schlug auf den Seiten im Lapeyre-Katalog nach, die wir mit Eselsohren versehen hatten. Ich war schließlich wieder zur Besinnung gekommen und hatte die Handwerker kontaktiert, die hier einen Estrich gießen oder da einen Balken austauschen oder einen beschädigten Fußboden neu fliesen sollten. Oder das Badezimmer renovieren oder die Zentralheizung einbauen. Vielleicht würde ja der Tag kommen, an dem ich wieder Lust hätte, ein Bad zu nehmen.

Ich hatte sogar Freude daran, eine Farbe auszusuchen, um den Anstrich mit dem Holz einer Tür in Einklang zu bringen. Es ist auch vorgekommen, dass ich schön fand, wie die tiefstehende Sonne kurz vor dem Abendessen in die Küche schien.

Bloß verstand ich nicht, für wen dieses Licht war. Mir waren Regentage lieber, die immerhin nicht so taten, als wollten sie mich von meiner Traurigkeit ablenken. Ich hatte beschlossen, das Haus sollte das sein, was mich mit Claude verbunden halten würde. Diesem neuen Leben, das unser Sohn und ich uns nicht ausgesucht hatten, einen Rahmen geben. Es war nach wie vor *unser* Sohn, auch wenn ich mir irgendwann würde angewöhnen müssen, *mein* Sohn zu sagen. Genauso wie ich irgendwann *ich* sagen musste statt des *wir*, das mich getragen hatte. Dieses *ich*, an dem ich mich wundscheuerte, dieses Wort für die Einsamkeit, die ich nicht gewollt habe, dieses unwahre Wort.

Ich habe die Idee beibehalten, ein kleines Tonstudio einzurichten, das Claude schon lange hatte haben wollen. Ein schalldichtes Zimmer, in das er gehofft hatte, sich zum Arbeiten zurückziehen zu können. Und in dem seine Instrumente gestanden hätten, ein Bass, eine Gitarre und der Synthesizer, den er gerade gekauft hatte (ein sechsspuriges Gerät von Sequential Circuit, tut mir leid, das auszuführen, aber es hat seine Wichtigkeit) und auf dem er, Kopfhörer auf den Ohren, herumklimperte.

Ich ging geduldig vor, ich habe fast zwanzig Jahre gebraucht, um mit allen Zimmern, allen Oberflächen fertig zu werden, die Fenster habe ich erst letztes Jahr ausgetauscht. Und die Läden gerade erst neu gestrichen. Wenn ich gewusst hätte, dass ich mir diese ganze Mühe mache, nur damit ein Bauunternehmer dann alles abreißt. Die Außenfassade habe ich nie neu streichen lassen, sie hat immer noch diesen leicht schmuddeligen Ton. Wäre zu teuer gewesen. Auch die Terrasse aus Holz, die wir geplant hatten, habe ich nie legen lassen. Und wie recht hatte ich damit.

Worauf es mir ankam, war etwas anderes. Ich war nur von einer einzigen Sache besessen, und die hielt ich geheim, um mein Umfeld nicht zu erschrecken. Darüber redete ich nicht, oder besser gesagt: darüber redete ich nicht mehr, denn nach zwei oder drei Jahren wäre es merkwürdig erschienen, dass ich mich darauf versteifte, verstehen zu wollen, wie es zu dem Unfall gekommen war. Dem Unfall, dessen Ursache nie aufgeklärt wurde, weswegen mein Kopf darüber auch nie zur Ruhe gekommen ist. Ich habe all diese Zeit gebraucht, um herauszufinden, ob das Wort Schicksal, das ich hier und da hörte, einen Sinn hatte. Und jetzt, da ich diesen Ort verlassen muss, weil anstelle des Hauses eine Straße gebaut werden soll, muss ich mir noch über eine letzte Sache klarwerden, um meine Nachforschungen abschließen zu können. Was für eine Ironie, dass ich einer Straße weichen muss, wo Claude doch auf einer Straße gestorben ist. Ausgerechnet eine Straße, wo der Planet ohnehin schon an all den Straßen erstickt, die den Kohlendioxyd-ausstoß beschleunigen helfen. Claude hätte sich über diese Ironie des Schicksals amüsiert. Das Buch des US-amerikanischen Rockjournalisten Lester Bangs, das er gerade las und das neben dem Bett lag und aus dem dieser Satz von Lou Reed stammt, der mir aufgefallen war, und den man zunächst James Dean zueignete, trägt den Titel *Psychotische Reaktionen und verstopfte Vergaser*. Noch eine Geschichte von Vergasern, irgendwie bleibt man darin gefangen.

Ein letztes Mal umkreise ich diese Frage, sowie man ein letztes Mal ein Haus umrundet, bevor man für immer die Tür schließt. Denn das Haus steht im Zentrum dessen, was zu dem Unfall geführt hat.

Wenn ich die Wohnung nicht hätte verkaufen
wollen.
Wenn ich nicht darauf bestanden hätte, dieses
Haus anzusehen.
Wenn sich mein Großvater nicht gerade in dem
Augenblick umgebracht hätte, als wir Geld
brauchten.
Wenn wir die Schlüssel zu dem Haus nicht schon
vor dem Einzug ausgehändigt bekommen hätten.
Wenn meine Mutter nicht meinen Bruder
angerufen hätte, um ihm zu sagen, dass wir
über eine Garage verfügten.
Wenn mein Bruder während seiner Woche Urlaub
dort nicht sein Motorrad untergestellt hätte.
Wenn ich zugestimmt hätte, dass unser Sohn mit
meinem Bruder in die Ferien geht.
Wenn ich den Termin meiner Reise zu meinem
Verleger in Paris nicht verschoben hätte.
Wenn ich Claude am Abend des 21. Juni angerufen
hätte wie ich es hätte tun sollen, anstatt mir
Hélènes neue Liebesgeschichte anzuhören.

Wenn ich ein Mobiltelefon gehabt hätte.
Wenn die Mutti-Stunde nicht zugleich auch die
Vati-Stunde gewesen wäre.
Wenn Stephen King bei seinem schrecklichen
Unfall, den er drei Tage vor dem Claudes hatte,
ums Leben gekommen wäre.
Wenn es geregnet hätte.
Wenn Claude, bevor er das Büro verließ, *Don't
Panic* von Coldplay gehört hätte und nicht *Dirge*
von Death in Vegas.
Wenn Claude nicht seine 300 Francs im Geld-
automaten vergessen hätte.
Wenn Denis R. nicht beschlossen hätte, seinem
Vater den 2CV zurückzubringen.

Wenn die Tage vor dem Unfall sich nicht zu
einer Abfolge von Ereignissen zusammengeballt
hätten, eins unerwarteter als das andere, und
alle unerklärlich.

Und vor allem: Warum drängt sich Tadao Baba,
dieser übereifrige japanische Ingenieur, der die
Geschicke der Firma Honda revolutioniert hat,
unerlaubt in mein Leben, wo er doch in zehntausend Kilometern Entfernung lebt? Warum war die
Honda 900 CBR Fireblade (Feuerklinge), dieses
Glanzstück japanischer Industrieproduktion, die

Claude an jenem 22. Juni 1999 fuhr, für den Export nach Europa reserviert und in Japan verboten, weil als zu gefährlich eingeschätzt?

Ich komme wieder auf die Litanei des »Wenn« zurück, die mich all die Jahre gequält hat. Und aus meinem Leben eine Existenz im Konjunktiv gemacht hat.

Geschieht keine Katastrophe, schreitet man voran, ohne sich umzudrehen, und hat geradeaus den Horizont im Blick. Geschieht aber ein Drama, kehrt man um, sucht den Ort des Geschehens heim und versucht, die Geschehnisse zu rekonstruieren. Man will jeden Schritt verstehen, den man getan, jede Entscheidung, die man getroffen hat. Man spult die Zeit hundertmal zurück. Man wird zum Spezialisten für Ursache und Wirkung. Man treibt in die Enge, zerlegt, seziert. Man will alles von der menschlichen Natur verstehen, all die inneren und kollektiven Zusammenhänge, die machen, dass das geschieht, was geschehen ist. Man weiß nicht mehr, ist man Soziologe, Bulle oder Schriftsteller, man wird irre, man will verstehen, wie man zu einer Nummer in der Statistik hat werden können, einem kleinen Komma im großen Zusammenhang. Wo man doch immer geglaubt hatte, man sei einzigartig und unsterblich.

WENN

1.

Wenn ich die Wohnung nicht hätte verkaufen wollen

Nachdem wir uns in einer Banlieue von Lyon kennengelernt hatten, die Rillieux-la-Pape heißt und
recht unbekannt ist, weil dort seit den Achtzigern
wesentlich weniger Autos gebrannt haben als in
Vaulx-en-Velin, haben Claude und ich alles dafür
getan, von dort wegzukommen und in die Innenstadt von Lyon zu ziehen.

Ich habe diese Zeit genossen, in der ich die Kleinanzeigen durchforstete, um Wohnungen zu finden, die unseren Hirngespinsten entsprachen. Wir
träumten von lebendigen Vierteln voller Cafés,
Kinos und Boutiquen, was es in unserer Sozialbausiedlung alles nicht gab. Wir wollten das genaue
Gegenteil der Schlafstadt, in der wir aufgewachsen
waren, voller gleichaussehender und in Reih und
Glied stehender Betonklötze.

Ich fand ohne größere Schwierigkeiten eine Miet-
wohnung (das war Anfang der Achtziger), und wir
bezogen die riesigen und ziemlich heruntergekom-

menen Räumlichkeiten, deren lächerlich niedrige Miete (400 Francs pro Monat, ich habe noch die Mietquittungen) uns ebenso anzog wie die zwei sehr kitschigen Stucksäulen, die dem Wohnzimmer die Pracht eines falschen Schlosses verliehen, und das dazu passende Eichenparkett. Es war höchste Zeit, dem Linoleum zu entkommen, das unser täglich Brot gewesen war und den Fußbodenheizungen, die die Beine unserer Mütter hatten anschwellen lassen. Wir waren so verblüfft darüber, dass unsere Bewerbung angenommen wurde, dass wir weder die fehlenden Heizkörper bemerkten, noch die undichten Fenster, oder dass die Fassade des gegenüberliegenden Hauses, das im Übrigen ein Stundenhotel beherbergte, keine fünf Meter entfernt war und das Sonnenlicht blockierte.

Wir waren die ersten aus unserer Bande aus dem Unterschichtenviertel, die in die Innenstadt umzogen, den Heiligen Gral gefunden hatten, eine Wohnung, groß genug, um Freunde zu empfangen, und sich eine Basis direkt bei der Metro Hôtel de Ville schufen. Mit anderen Worten: die ideale Location für Partys, improvisierte Konzerte oder um Leute unterzubringen, die es gerade nötig hatten.

Aber das Blatt sollte sich schnell wenden.

Wir wurden bald schon rausgeschmissen und der Gentrifizierung geopfert, ein Wort, das wir mit unseren zwanzig Jahren noch nicht kannten, das aber unseren Lebensweg bestimmen würde. Der Bauunternehmer, der das Haus gekauft hatte, um die Wohnungen profitabler zu vermieten, bot uns an, wie das Gesetz es vorschreibt, uns anderswo unterzubringen, allerdings in Vénissieux, einer weiteren Banlieue, die notorisch ist für ihre umtriebigen Nächte und ihre fünfzehnstöckigen Hochhäuser, die die Stadtverwaltung dann schließlich alle in die Luft sprengen sollte. Wir hatten nicht die Absicht, wieder an die Peripherie zurückzukehren, wohin man uns offenbar mit Gewalt schicken wollte, und wir mussten hart kämpfen, um in der Innenstadt zu bleiben.

Nachdem uns von einem Eigentümer, der nicht viel Federlesens machte, erneut eine Wohnung an den Quais gekündigt worden war, erfuhren wir vom Selbstmord meines Großvaters, ohne dass diese beiden Ereignisse, so wie sich das in meinem Satz anhört, irgendetwas miteinander zu tun gehabt hätten. Wenn man zurückzoomt, dann besteht die Gemeinsamkeit darin, dass mein Großvater mütterlicherseits, ein typisches Beispiel für die

Landflucht, die ihn in den fünfziger Jahren in den Großraum Lyon gespült hatte, mit seiner Familie in ein kleines Haus am Ufer der Rhône gezogen war, und zwar in die Gemeinde Saint-Fons, wo das Pharmaunternehmen Rhône-Poulenc, das damals boomte (und seither von Sanofi-Aventis übernommen wurde) gerade dabei war, seinen Standort zu erweitern. Ein paar Jahre später hatten meine Großeltern den Bulldozern weichen müssen und fanden sich am Fuß der Türme von Vénissieux wieder, wohin all die geschickt wurden, die ihre Heimat verloren hatten, Auvergner, Algerier, Marokkaner oder Portugiesen, die allesamt nicht dagegen aufbegehren würden, die Schwefelwasserstoffgesättigte Luft einzuatmen, die die nahegelegene Raffinerie von Feyzin ausstieß. Nach dem Tod meiner Großmutter, die nicht mehr gewusst hatte, wo ihre Wäsche aufhängen, so sehr imprägnierte der Gestank nach faulen Eiern jedes Stück, und die frühzeitig Leukämie bekam, und nach weiteren unerwarteten Ereignissen, von denen zu erzählen zu riskant wäre, war mein Großvater schließlich ins Wasser der Rhône gegangen. Man fand seine Leiche mitsamt seinem Ausweis am Stauwerk von Pierre-Bénite, inmitten des petrochemischen Tals.

Liegt es an diesem Determinismus und an dem Geld, das ich bei der Testamentseröffnung von meiner Mutter bekam, dass Claude und ich zu Hausbesitzern wurden? War es, damit wir nicht ein weiteres Mal riskierten, vor die Tür gesetzt zu werden? Vielleicht wollten wir einfach ein wenig Ruhe ins Spiel bringen und womöglich auch noch etwas anderes beruhigen, eine Art von Furcht, die uns beiden gar nicht bewusst war, und die im Falle Claudes mit dem Exil zusammenhing, denn als er vier war, kam er auf einem Schiff aus Algerien, einem Land, das er nicht wiedersehen sollte.

Eigentümer zu werden ist ganz offenbar noch etwas anderes als das ideologische Symbol, als das es gemeinhin gilt.

Wir kauften der Familie Boubeker eine Wohnung im Viertel Croix-Rousse ab, denn die zog aus, weil sie ein weiteres Kind erwartete. Wir blieben dort zehn Jahre und haben quasi ebenso lange gebraucht, um alles zu renovieren. Was das gemeinsame Schicksal der Leute aus unserer Generation war, der Dreißigjährigen, die *Canuts* kauften und herrichteten, also Räumlichkeiten, die im 19. Jahrhundert Seidenweberateliers beherbergt hatten, deren immense lichte Höhe erlaubt hatte, Webstühle unterzubringen und die Seide zu lagern. Seit

der Zeit der Seidenweber hatte sich das Viertel verändert, aber es gab immer noch genug Arbeiter und
Einwanderer dort. Wir waren viele, die ihre Wohnungen renovieren wollten, die abbeizten, frisch
strichen, amerikanische Küchen einrichteten und
die Zwischendecken abrissen, die die Eigentümer in
der Mitte des 20. Jahrhunderts eingezogen hatten,
um die Deckenbalken zu verbergen, die zwischen
den Fünfzigern und Siebzigern völlig aus der Mode
gekommen waren.

Die Mode hatte gewechselt, mittlerweile war
Authentizität angesagt, und in den Neunzigern war
das Nonplusultra gerade eben, Balken und Natur-
stein sichtbar zu machen. Und genau das hatten
wir versucht, Claude und ich, und verbrachten
damit unsere Wochenenden, euphorisiert von den
Ausdünstungen der Phenole in der Holzschutzlasur,
die wir reichlich aufpinselten. Wir standen auf dem
kleinen Gerüst, das wir bei Kiloutou gemietet hatten und hörten in unseren Blaumännern Nirvana.
Wir waren glücklich, zum ersten Mal ein *Heim* zu
haben. Auch glaubten wir an die Schönheit und
waren überzeugt, die Wohnung in einen Tempel
des guten Geschmacks zu verwandeln. Wir waren
verliebt, und wir sahen keinerlei Hindernis am
Horizont.

Dann wurde unser Sohn geboren, was unsere Energie zum Siedepunkt brachte. Er schlief in dem einzigen Zimmer, das wir neu tapeziert hatten, und wir auf dem Mezzanin, ein wenig so wie die Seidenweber im 19. Jahrhundert. Bei vielen Leuten im Viertel war das so, sie fanden es wahnsinnig romantisch, die Leiter hoch und runter zu klettern, selbst wenn sie um drei Uhr morgens zum Pinkeln mussten. Wir waren überzeugt, wir hätten das Monopol auf Lebenskunst. Wir waren cool, und wir waren selbstsicher. Ich darf hier bestätigen, dass es das perfekte Leben war. Das zehn Jahre dauerte.

Ich habe keine Ahnung, was in mich gefahren ist, dass ich dieses Gleichgewicht verändern wollte.
Denn dieser Wunsch nach einem Umzug kam von mir. Dieser Drang nach Veränderung, nach Neuanfang. Der Wunsch, in der Coolness-Skala noch ein paar Punkte aufzusteigen. Wenn schon, denn schon die Perfektion zu erreichen.
Ich gab diese Leiter zu bedenken, auf der man ja nun mitten in der Nacht herumkraxeln musste, den Mangel an Rückzugsmöglichkeiten und das fehlende zweite Zimmer, sollten wir ein zweites Kind bekommen, was wir uns vorstellen konnten.

Es war zu dieser Zeit, dass ich mit dem Schreiben begonnen habe, in dieser Zwischenperiode des Zweifelns, in der, glaubte ich, unserem Leben eine zusätzliche Dimension fehlte.

2.
Wenn mein Großvater sich nicht umgebracht hätte

Es gibt keine Ordnung in der Verkettung der Ereignisse, weder chronologisch noch methodologisch. Nichts als Wellen bis zum Horizont, gut zu erkennen an ihren Kammlinien und meistens ungefährlich, weil vorhersehbar. Ganz gleich, ob es kleine Wellen oder größere Brecher sind. Dann aber ist da plötzlich eine gewaltige Woge, die man sich nicht hat aufbauen sehen, die sich immer höher türmt und einen, weil man gerade nicht hinsieht, unterpflügt.

Vielleicht hat der Tod meines Großvaters auch gar nichts mit all dem zu tun. Auf den ersten Blick hat er keine andere Konsequenz gehabt als eine Geldsumme. Nichts Aufregendes, bloß muss man mit Geld etwas tun, man muss es in etwas umwandeln, ohne dabei das Risiko einzugehen, es zu verlieren. Und was gibt es Besseres als die Beute in Steine zu investieren, denn vom finanziellen Jonglieren versteht man in der sozialen Klasse, aus der ich komme, nichts, und traut ihm im Übrigen keinen Zentimeter über den Weg. »Beute« ist nebenbei gesagt ein großes Wort, denn es handelte sich um eine zwar bescheidene, aber verfügbare Summe, sie wurde uns von meiner Mutter, die von ihrem Erbe nichts wissen wollte, auf einen Schlag in Gänze überwiesen.

Kurz gesagt ergab dieses Geld, das meine Mutter zu gleichen Teilen an ihre beiden Kinder weiterreichte, genau die Summe des berühmten Eigenkapitals, ohne das Claude und ich nicht in der Lage gewesen wären, den Sprung zu wagen, wie man seinerzeit diese Entscheidung fürs Eigentümerdasein nannte. Etwas kaufen, damit man nicht mehr gekündigt werden kann, damit man die Grundlagen für eine gemeinsame Zukunft schafft, alles gut und schön, aber man muss es sich eben leisten können.

Hätte mein Großvater nicht vor der Zeit seinem Leben ein Ende gesetzt, dann hätten wir uns solch einen ersten Kauf nicht vornehmen können, auf den dann der Wiederverkauf und ein weiterer Kauf folgten. Und es wäre nie dazu gekommen, dass wir eines Tages den Fuß über die Schwelle dieses großen Hauses mit Garage setzten, die am Ursprung des Unfalls steht.

Aber mein Großvater ist nicht allein verantwortlich für dieses Geld, das uns sozusagen in den Schoß fiel. Der andere große Drahtzieher, und zweifelsohne der Schlimmere, ist die Immobilienspekulation, die gegen Ende der neunziger Jahre anfing, jedermann den Kopf zu verdrehen. Du kaufst für 320.000 Francs, zehn Jahre später verkaufst du fürs Doppelte. Banco! Um uns herum lauter kleine Klugscheißer, die darüber redeten, und auch wenn wir behaupteten, bei sowas nicht mitzumachen, haben wir schließlich doch den Taschenrechner rausgeholt und den Quadratmeterpreis nach Renovierung berechnet. Die Versuchung war erheblich, *am ganz großen Rad mitzudrehen* (es gab viele solche Ausdrücke für den *Reibach*, den einer nach dem andern hier und da zu machen begann, inklusive einiger unserer sehr linken Freunde). Und auch wenn wir uns in unserem *Canut* mit Mezzanin gar nicht unwohl fühlten, haben auch wir uns schließlich anstecken lassen von den Verlockungen, uns zu vergrößern und leichtes Geld zu machen.

Bloß dass man dazu natürlich umziehen musste, und wenn teuer verkauft wurde, dann wurde natürlich auch teuer gekauft, allerdings hatte die Herausforderung auch ihren Reiz, ich müsste lügen, wenn ich das Gegenteil behaupten wollte.

Claude ließ mich machen, mit all der Freundlichkeit und Wurstigkeit, die ihn auszeichneten. Wenn ich denn die Energie hatte, die Wohnung zu verkaufen, wenn ich denn die Energie hatte, wieder bei null anzufangen. *Warum nicht.*

Das war der Ausdruck, den er benutzte, wenn er nicht gegen etwas war. *Warum nicht.*

Er hörte Oasis und erzählte mir von dem Zerwürfnis zwischen den Gallagher-Brüdern, dem Sänger Liam und dem Gitarristen Noel. Abends in der Küche, wo er den CD-Spieler installiert hatte, drehte er die Lautstärke auf und weihte mich in den Soundtrack der Epoche ein. Blur oder Oasis? So wie sich die vorige Generation gefragt hatte: Rolling Stones oder Beatles? Das waren die Fragen, die ihn faszinierten. Mehr als Fragen nach sichtbarem Mauerwerk und Luftschlössern. Auch wenn er selbst ein akribischer Heimwerker war und sich gern vor seine Gehrungslade kniete. *Warum nicht.*

Ich hatte meinen Tagesablauf in eine Gralssuche verwandelt. Ich war Lichtjahre davon entfernt, mir vorzustellen, ich könne unser Leben in Gefahr bringen. Ich benötigte den Trubel. Zur selben Zeit, in der ich an dem schrieb, was dann mein erster Roman werden sollte (die Geschichte eines Mannes, der im Gefängnis sitzt, weil er seinen Vater getötet hat), studierte ich die Kleinanzeigen, telefonierte herum, machte Finanzaufstellungen und organisierte Besichtigungen unserer Dreizimmerwohnung. Was als vage Idee begonnen hatte, um nicht zu sagen als Zeitvertreib, wurde zur Realität und bald schon zur dringlichen Realität. Ich war im Adrenalinrausch. Ich wartete, dass die *69* jeden Montag in den Briefkasten flatterte (das war kurz bevor es mit dem Internet und *Leboncoin* losging), ich verabredete Termine und suchte nach dem idealen Objekt, das mir mit Garten vorschwebte. Keine Ahnung, woher mir die Grille kam, in der Erde wühlen und Hortensien pflanzen zu wollen (das wahrscheinlich von den Ferien in der Bretagne), im Freien zu frühstücken, Freunde einzuladen und unserem Sohn die Möglichkeit zu geben, draußen zu spielen. Zu meinen Auswahlkriterien gehörten: altes Haus, Südausrichtung, drei oder vier Zimmer (es brauchte einen Raum für Claude und seine Musikinstrumente, und ich hätte gern ein Büro gehabt), kleiner Garten oder Terrasse und einen Abstellplatz für das Motorrad. Ich suchte das Unmögliche. Vielleicht war es gerade das, was mir gefiel.

Ich machte Besichtigungen, ich hoffte, meine ganze Existenz drehte sich um dieses Objekt, das ich irgendwo finden würde. Größer, heller, bequemer. Ich suchte, ich schrieb. Muss man da eine Verbindung sehen zwischen diesen beiden Notwendigkeiten? Wahrscheinlich die Unmöglichkeit, meine Ruhe zu haben, obwohl ich zwei Tage die Woche außerhalb arbeitete.

Ich bin schließlich zu einer Spezialistin der Wohnungssuche geworden. Ich konnte Anzeigen entziffern wie keine zweite. Ich erkannte die versteckten Mängel an der Art der Formulierungen, mir gefiel diese Sprache voller Fußangeln und Auslassungen, die mich zur Interpretin machte, zur Detektivin, der keiner etwas vormacht.
Ein kleiner Mann im Ohr hätte mir zuflüstern müssen, es damit gut sein zu lassen, unser renoviertes *Canut* nicht zu verlassen, das zwar ein wenig eng war, ein wenig spartanisch, aber vollkommen akzeptabel. Ein kleiner Mann im Ohr hätte mich samstags an meinem Stuhl festbinden müssen, wenn ich auf die Jagd ging, während Claude arbeitete.

Bleib, wo du bist!

Ich konnte immer noch alles stoppen. Ich war keinerlei Verpflichtung eingegangen, weder mit einem

Makler noch mit einer Bank. Ich war frei, und alles war gut.

Aber ich bin nicht der Typ, der etwas so leicht aufgibt.

Was für ein abscheulicher Satz, den ich endlich akzeptiere hinzuschreiben.

Ich habe meine Suche sogar noch intensiviert. Ich habe Zettel in die Briefkästen der kleinen Häuser in der Nähe unserer Straße geworfen. Ich sagte mir, dass ein Stadthaus ideal wäre. Claude nickte dazu, ja, *warum nicht*, wenn es dir gefällt. Der einzige Wunsch, den er aussprach, die einzige Sache, die er gerne gehabt hätte, das wäre etwas weit oben gewesen, wo er, eine Zigarette auf dem Balkon rauchend, auf die Dächer der Häuser hätte hinunterblicken können. War das ein entferntes Echo jener Terrasse in Algier, auf der er als Kind Dreirad gefahren war, die sich ihm tief eingebrannt hatte? Der freie Himmel, in dem ab und zu die Detonationen widerhallten. Aber ich war lieber unten. Auf dem Boden der Tatsachen. Ich erinnere mich an diese Dynamik, die mir im Nachhinein selbst verdächtig vorgekommen ist, an diesen brennenden Wunsch, der zur Besessenheit wurde.

3.

Wenn ich dieses Haus nicht besichtigt hätte

Eine Kleinanzeige lockte mich zu einem Haus ganz in der Nähe, nur ein paar Straßen von unserem. Ich ging dort mit unserem Sohn hin, der schon sieben Jahre alt war. Ich wusste, es war zu teuer, viel zu teuer für uns, ich ging trotzdem hin, aus Neugierde, wie es so schön heißt, um zu sehen, was sich hinter dieser hohen Mauer verbarg, an der wir so oft vorübergingen.

Es war ein Schock, eine Epiphanie. Mit einem Mal zählte keines der Auswahlkriterien mehr, das hier war es, das musste es sein, das würde es werden. Aber wir hatten nicht das nötige Geld. Ich erinnere mich noch an all das Grün, die hohen Bäume und die Schaukeln. Ich erinnere mich an die Pfingstrosen, die schwer auf ihren Stielen lasteten. Im Haus war es dämmrig und charmant. Das Holz der Treppe, die eine Vierteldrehung beschrieb und ein poliertes Geländer hatte, knarrte. Dann die vier Zimmer im ersten Stock, mit Tapeten aus einer versunkenen Zeit und einem Rokoko-Bade-zimmer. Ich streifte durch den riesigen Garten, schaute mir die Hütte an der rückwärtigen Mauer an und bekam kaum Luft vor lauter Enttäuschung über die Erkenntnis, dass dieses Haus nicht für uns gemacht war, da entdeckte ich, dass es um eine Ecke herum, die hinter der Hecke verborgen war, noch ein zweites Haus gab, kleiner und bescheide-ner, dessen abblätternde Fensterläden verschlos-sen waren, ein verlassenes Haus, das langsam zu-wucherte.

Und genau da hätte ich den Mund halten sollen.

Ein verlassenes Haus, das ich im toten Winkel stehen sah wie die Ruinen, die man manchmal von Efeu überwuchert am Waldrand entdeckt, in denen es wahrscheinlich spukt, denen man die Feuchtigkeit, den Schimmelbefall und ihre üble Vergangenheit ansieht, diese Häuser, die grob ver-barrikadiert sind, in denen noch immer die Angst aus Gewitternächten zu riechen ist, wo halb ver-kohlte Kloben im Kamin liegen und Glasscherben und alte Papierschnipsel über das Parkett verstreut sind.
Häuser, vor denen jeder normal gebaute Mensch zurückschreckt.

Es war stärker als ich, ich habe nachgefragt.

Die Dame sagte mir, das Haus gehöre ihrem Bruder, und der verkaufe nicht. Sie ließ durchblicken, dass es irgendwas mit dem Krieg zu tun hatte, Jean Moulin hatte hier geheime Treffen organisiert, ich vergaß zu erwähnen, dass wir uns in der Gemeinde Caluire befanden, die an den 4. Bezirk von Lyon angrenzt, Caluire-et-Cuire, der Ort, wo Jean Moulin verhaftet wurde. Sie erzählte mir eine Geschichte von irgendwelchen englischen Fallschirmjägern, die ihre Familie im Keller versteckt hätte, und von Waffen, die hinten im Garten vergraben seien. Dazu machte sie eine vage Handbewegung in Richtung einer Kiefer (von der ich später erfuhr, dass es sich um eine Atlaszeder handelte). Außerdem erwähnte sie noch die Munition, die ihre Eltern in ihrer Wiege versteckt hatten, als sie ein Baby war, und die Seifenstücke, die die Familie zum Bau von Explosivmaterial lagerte. Der Bruder dieser Dame lebte in Nizza, wie gesagt verkaufte er nicht. Nein, es würde auch nichts ändern, wenn ich ihm gegenüber insistierte.

Jeder Mensch hätte da die Flucht ergriffen und den Blick von diesem Haus abgewendet, angesichts dessen Geschichte man sicher sein konnte, dass hier negative Schwingungen herrschten. Jeder Mensch hätte die Finger von diesem Gemäuer gelassen und die Büchse der Pandora nicht geöffnet.

Ich habe das genaue Gegenteil getan, ich war magnetisch angezogen von diesem Rätsel, das sich mir da stellte, ich war völlig im Bann dieser doppelten *mission impossible*: Das Haus zu kaufen und die versteckten Waffen zu finden. Als würde dieses Abenteuer mich selbst zur Widerstandskämpferin machen. Es war eine unverhoffte Chance, und ich ahnte nichts von der Verkettung von Umständen, die unsere Existenz kippen lassen würde.

Ein paar Tage später, als ich es nicht mehr aushielt, schrieb ich einen Brief an Madame Mercier, das war der Name der Dame, in dem stand, wie sehr mir das Haus gefallen habe, wie sehr ich an dem Viertel hänge, und alles Mögliche, das darauf angelegt war, ihren Bruder seine Meinung ändern zu lassen. Diesen weit entfernten und sturen Bruder. Das Ganze roch nach Erbengemeinschaft und Geheimnissen.

Das war der Anfang eines Krimis, für den mich zu schämen ich nie aufgehört habe.

Ich erhielt keine Antwort auf meinen Brief. Ich war naiv gewesen, ich hatte geglaubt, Unbekannte würden sich von den Stimmungen einer jungen Frau auf Wohnungssuche erweichen lassen. Ich hoffte immer noch, ich war enttäuscht, aber auch beleidigt, dass diese Merciers, diese Bourgeois, mir widerstanden.

Ich hätte darin ein Zeichen sehen sollen. Ich hätte ihnen dankbar sein sollen. Anstatt zu hoffen, ich könne sie überzeugen. Anstatt aus dieser Sache viel mehr zu machen als eine simple Wohnungssuche. Wollte ich mich platt ausdrücken, dann würde ich sagen, es war eine versteckte Art von Klassenkampf und vielleicht sogar eine Frage der Rache. Sagen wir so: Ich bin flach, aber klar im Kopf.

Ich suchte weiter. Schließlich hatte ich mein ganzes Leben noch vor mir – glaubte ich zumindest. Alles war in Ordnung, aber ich bemerkte es gar nicht mehr. Irgendwas anderes würde schon auftauchen. Ich durchforstete weiter die Kleinanzeigen, kontaktierte erneut die Makler. Es machte mir nichts aus, Tag für Tag dieses Pensum zu erledigen, es brachte die notwendige Würze in meinen Alltag.
Ich wusste nicht, ob es besser war, zunächst zu kaufen oder zu verkaufen. Ich erfuhr von der Existenz von Überbrückungsdarlehen und malte mir die entsprechenden schlaflosen Nächte aus. Aber

nichts würde mir widerstehen können, davon war ich überzeugt. Ich erkundigte mich nach den Zinssätzen, nach den Konditionen der Banken. Ich machte mich schlau, mit einer Energie, die ich danach nie wiedergefunden habe. Wenn ich so überlege, war ich eine kleine Ein-Frau-Armee, Offizier, Fußvolk und Kanonier in Personalunion.

Einmal besichtigte ich eine große, ungeheuer charmante Wohnung, ebenfalls in Caluire, aber weiter draußen, in der Nähe des städtischen Schwimmbades, am Rande der Cité von Montessuy, also in einer Gegend, wo dann vielleicht doch eher unser Platz war. Das Leben dort schien anders, wie in Zeitlupe. Und unser Sohn hätte die Schule wechseln müssen. Alles keine unüberwindlichen Hindernisse. Diese Wohnung, zu der ein Gartenanteil gehörte, strahlte etwas so Beruhigendes aus, der viele Platz würde uns erlauben, alle unsere kreativen Projekte zu realisieren, und außerdem konnte man auch ein Zimmer an einen Studenten untervermieten. Bliebe nur noch, einen Garagenplatz zu finden, aber das konnte auch später geschehen.

Unsere Abende wandelten sich zu Denkaufgaben. Vorteile und Nachteile. Euphorie und Bedenken. Additionen und Subtraktionen. Weil die Wahl jedes

Mal so schwierig war, wuchsen die Spannungen. Claude und ich redeten von nichts anderem mehr, von dieser Besessenheit umzuziehen, die mich im Griff hatte, die allen Platz einnahm, die mich fieberhaft und manchmal grotesk agieren ließ. Ich besichtigte die Wohnung in Montessuy ein weiteres Mal, zusammen mit meiner Freundin Marie, ich brauchte eine zweite Meinung, und an diesem Tag waren Kaninchen auf dem Grundstück, das bis zu den Felsnischen oberhalb der Rhône abfiel. Ein schlagendes Argument, um mich zu entscheiden, und eines, das kein Makler hätte aus dem Hut zaubern können. Es war die Zeit, wo ich ihre Bekanntschaft machte, ihre vorhersehbaren Phrasen, ihre zu engen Hemden, ihre latente Depressivität.

Claude besichtigte seinerseits, er sah die Vorteile, auch wenn die Cafés und die Kinos und die Redaktion, wo er arbeitete, weit weg waren, und da meine endlose Suche anfing, ihn zu ermüden, sagte er, es sei in Ordnung. Er war das Gegenteil von mir, solange er ein Dach über dem Kopf hatte, seine Musik hören und sein Motorrad unterstellen konnte. Mit der Suche nach Perfektion hatte er nichts am Hut. Das Einzige, was ihm zusetzte, war, nicht am Mittelmeer zu leben, mitansehen zu müssen, wie der Sommer in den Herbst überging, die Temperaturen fielen und die Tage kürzer wurden. Und vor allem ängstigte ihn die vergehende Zeit, die Jahre, die vorüberzogen und einen Vierzigjährigen aus ihm machen würden. Ob er nun hier oder dort wohnte, war nebensächlich, aber dass es November wurde, daran litt er. Und mehr noch als das.

Es war November, und wir würden den Vorvertrag unterschreiben. Ich war enthusiastisch, Claude auch, diese Veränderung würde Bewegung in unser Leben bringen. Es war ein Ereignis, eine solch geräumige Wohnung zu kaufen. Ich würde eines der Zimmer zu einem Arbeitszimmer machen können, wir hätten ein Gästezimmer, Claude würde seine Gehrungslade hervorholen können, er würde in dem Schuppen am Ende des Gemeinschaftsgartens mit seiner Gruppe üben können, vorausgesetzt die Eigentümergemeinschaft erlaubte es. Wir würden uns ein Abo fürs Schwimmbad kaufen, was uns beiden sehr guttun würde. Man brauchte das Leben nur von der Sonnenseite her zu betrachten.

Blieb noch, unser *Canut* zu verkaufen. Ich würde die Besichtigungen organisieren, jeden Tag saubermachen, Tulpen in einer Vase auf dem Küchentisch drapieren, verhindern, dass unser Sohn sein Spielzeug quer durch die ganze Wohnung verstreut. Wir würden uns untersagen, die Wäsche im Wohnzimmer aufzuhängen, wir würden das Badezimmer und den Gasherd nach jeder Benutzung schrubben, wir würden die Gitarren aus dem Weg räumen.

Dann rief Madame Mercier an.

Während ich diese Zeilen schreibe, sage ich mir, dass das der Teufel war. Und dabei steckt das Wort Merci, Danke, in Mercier. Ich hätte antworten müssen: Nein danke.

Das hätte ich antworten müssen, als sie eines regnerischen Abends auf dem Festnetz anrief (man muss sich ja erinnern, dass es eine Zeit vor dem Mobiltelefon gab), um uns mitzuteilen, dass ihr Bruder sich umentschieden hatte. Er war bereit, diese Ruine zu verkaufen, von der ich Tag und Nacht geträumt hatte, und für die ich ein übertriebenes Angebot gemacht hatte. Er war bereit, der Vollidiot, er war schließlich zur Vernunft gekommen, weil eine Spinnerin ihn angefleht hatte, ihr dieses Haus zu verkaufen, das kurz vor dem Einsturz stand.
Bloß war es jetzt zu spät, wir hatten uns anderweitig gebunden. Wir standen ja nicht auf Abruf bereit. Einen Vorvertrag nach der gesetzlichen

Widerrufspflicht von zehn Tagen zu kündigen, kostete zehn Prozent des Kaufpreises, mit anderen Worten ein Vermögen. Die Frage stellte sich gar nicht. Oder hätte sich einem vernünftigen Menschen nicht gestellt. Ein solcher hätte nämlich gesagt: *Tja, Pech gehabt, so läufts nun mal, Schwamm drüber.* Ein solcher hätte einen Abend lang geheult und die Sache dann vergessen.

Und genau das hätte ich auch tun sollen. Und Claude schlug vor, dass wir genau das tun.

Aber ich vermochte nicht darauf zu verzichten, leider, auch nicht um den Preis einer übermenschlichen Anstrengung. Ich musste unbedingt diesen neuen gordischen Knoten aufdröseln. Und einen Pakt mit dem Teufel schließen.

Nein, lass es sein! Hätte der kleine Mann in meinem Ohr schreien müssen.

Hör jetzt auf damit, hatte Claude gesagt. *Es muss langsam mal Schluss sein.*

Schlaflose Nächte, Erregung, Nachdenken, Herzklopfen.

Ich wollte das Haus der Merciers, ich wollte, wenn ich in mich hineinhörte, im Viertel bleiben, in der Nähe der Cafés, in der Nähe der Schule, in der Nähe des Marktes. Wie hatte ich mich nur für ein Haus am Rand der Cité von Montessuy begeistern können, wo es nichts gab außer dem städtischen Schwimmbad – dessen Eintrittspreise unverschämt teuer geworden waren, zweifelsohne, damit die Armen aus der Cité dort nicht die Parvenus störten, die gerade zugezogen waren, – wo es keine Passanten gab, wo es keinen Grund gab zu flanieren und also überhaupt zu Fuß zu gehen. Wie hatte ich mir vorstellen können, in solch einer Einöde zu leben, bloß weil ich eines Morgens bei Sonnenaufgang zwei Kaninchen auf der Wiese hatte spielen sehen, und weil Claude seine Instrumente in einem ungeheizten Holzverschlag hätte deponieren können, in einem Gemeinschaftsgarten, ohne auch nur zu wissen, ob die Eigentümergemeinschaft grünes Licht dafür gäbe? Was hatte mich da bloß gepackt?

Nein, wir mussten das Haus der Merciers kaufen, das ein eigenes kleines Grundstück hatte. Ich spürte es, ich wollte es, das war die Gelegenheit unseres Lebens.

Claude schlief, und ich traute mich nicht, ihm zu sagen, dass ich eine Lösung finden würde. Er

schlief friedlich, und mein Hirn kochte, ich über-
legte, wie ich diesen Vorvertrag annullieren konnte.
Dabei hätte es gereicht, dass ich auch einschlum-
mere und darauf verzichtete, nicht verzichten zu
wollen. Noch war Zeit, alles zu stoppen. Und dazu
reichte es schon aus, gar nichts zu tun. Einfach gar
nichts tun.

Bewege nicht mal den kleinen Finger.
Die simpelste Verhaltensregel meines Lebens.
Bleib einfach still in deinem Zimmer sitzen, so wie
es mir dieser Philosoph ins Ohr flüsterte, der plötzlich wieder in aller Munde war.

Am nächsten Tag habe ich völlig aufgedreht Ge-
setzestexte konsultiert und bin zur Spezialistin in
Vorverträgen geworden, samt der Fragen zu den
Pflichten beider Parteien und Auflösungsmoda-
litäten. Ich erkundigte mich beim Notar (einem
Freund), beim Makler, bei der Bank, die mich schon
zwei Wochen zuvor empfangen hatte. Ich rechnete
in einem Notizbuch noch mal alles durch. Und
als ich dann alle Möglichkeiten ausgeschöpft oder
besser gesagt alle Sackgassen durchschritten hatte,
beschloss ich, dass wir doch, wie geplant, die Wohnung in Montessuy kaufen und danach sofort wieder verkaufen würden. Das konnte doch nicht so

schwer sein. Die Nachfrage war groß, ich war umgeben von Bekannten, die genau solch eine ruhig gelegene Wohnung suchten, es war das neue Credo unserer Generation: Junge Familien träumten von einem Garten mit kollektivem Gemüsebeet, Schaukel und Kaninchen, von kollektiven Aperitifs unter der kollektiven Weinlaube, die Nachfrage überstieg das Angebot, mit einem Fingerschnippen würde ich die Wohnung weiterverkaufen können. Ich würde eine Anzeige aufgeben, in die ich schriebe: Ideal für Kleinfamilien. Leben an der frischen Luft. Seltenheit. Barbecue möglich. Lebensfreude mit Gemüsegarten.

Ich musste nur noch mit Claude reden und seine Meinung einholen. Natürlich versuchte er, mich von dem Gedanken abzubringen. Jeder Mensch bei klarem Verstand hätte das Gleiche getan. Aber ich habe auf meinen Plan bestanden und kurzerhand entschieden: *Ich kümmere mich um alles.* Und dann noch gesagt: *Du brauchst nichts zu tun.* Und hinzugefügt: *Mach dir keine Sorgen, das wird schon klappen.* Subtext: Ich bin so clever.

Sub-Subtext: Ich werde keine weitere Gelegenheit verpassen, dich zu verblüffen.

Ich organisierte eine Besichtigung nach der andern, ich kümmerte mich selbst um die Besuche in der

Wohnung in Montessuy, ohne über einen Makler zu gehen. Ich fürchtete die Frage: Warum verkaufen Sie? Ich hatte mir eine Lüge ausgedacht, die so billig war, dass ich nicht wage, sie hinzuschreiben. Sie wissen schon, die Arrangements, die man mit sich selbst eingeht, das sind keine ganz sauberen Geschichten. Selbst in der Praxis meines Psychologen habe ich es nie zugegeben: Warum verkaufen Sie?

Ich ließ die Wohnung besichtigen, dann holte ich unseren Sohn von der Schule ab. Ich wirkte wie ein normaler Mensch. Es ging mir ja auch tatsächlich gut, ich betrachtete die ganze Sache als ein Spiel. Die Achterbahnfahrt hatte bereits begonnen. Ich sagte mir, dass es mir Spaß machte, Wohnungen zu zeigen, im schlimmsten Fall könnte ich einen Beruf daraus machen. Ich hatte einen neuen Roman begonnen, aber ich hatte nicht mehr den Kopf, weiter daran zu arbeiten. Er sollte *Versteckspiel* heißen und eine zeitgenössische Variante des *Kleinen Däumlings* werden. Es ist bei Plänen geblieben. Um etwas schreiben zu können, muss man besessen sein von dem, was man erzählen will, und damals war ich von etwas anderem besessen, das allen Platz einnahm.

Zum Glück arbeitete ich wie bereits erwähnt nicht zu Hause, was mir erlaubte, ein paar Stunden pro Woche ein ausgeglichenes Leben zu führen. Einer-

seits fuhr ich mit dem Wagen über die Stadtauto-
bahn ins Büro, nahm an Sitzungen teil, hatte Ent-
scheidungen zu fällen, musste Gespräche führen,
Telefonate abwickeln, Bücher lesen, alles konkrete
Dinge in einem klaren Rahmen. Ich sagte mir also:
Alles gut, du schnappst nicht über.

Andererseits log ich, und ich verkaufte die Wohnung, die ich erst drei Wochen zuvor gekauft hatte,
an ein junges Paar, das gerade geerbt hatte (vielleicht log es auch) und vorhatte, Nachwuchs zu
bekommen. Ich war stolz, das Claude zu erzählen.

Zu stark. Endlich von einer erdrückenden Last
befreit. Was für eine Erleichterung. Endlich fühlte
ich mich leicht, federleicht. Ich weiß noch, wie ich
andauernd Lust hatte zu tanzen. Freude, Freude,
ich empfand nichts als Freude.

Jetzt konnte ich endlich Madame Mercier anrufen,
die wir zuerst angebettelt, dann vertröstet hatten.

Ruf nicht an.

Jetzt kommt alles wieder ins Lot, dachte ich, nach
all der unkontrollierten Beschleunigung. Jetzt lief
alles wie am Schnürchen.

Unser *Canut* zu verkaufen, war relativ einfach, das
Viertel boomte, auch wenn am Ende des Winters
die Sonne nur zwischen ein und drei Uhr nachmittags in die Wohnung schien und nur kurz die
gemauerten Wände und das Parkett zum Leuchten
brachte, das wir vor zehn Jahren mit soviel Eifer
abgeschliffen hatten. Ein junges Paar (schon wieder eins) aus Saint-Étienne, der Mann arbeitete bei
der Feuerwehr, fand die Wohnung nach seinem
Geschmack und beabsichtigte, alles einzureißen,
um es dann nach seinen Vorstellungen zu renovieren. Vielleicht sogar wieder mit Zwischendecke. Er
fand die Möglichkeit, dass die Holzbalken brennen
könnten, nicht so berauschend. So hat jeder seine
Zwangsvorstellungen.

Blieb noch, den Vorvertrag für das Haus der Merciers abzuschließen und einen Kredit bei der Bank
zu bekommen, und dann würden wir wieder auf
beiden Beinen stehen. Das war genau der ominöse
Tag, an dem Claude mit dem Prozentsatz der Kreditversicherung herumalberte, der auf uns beide
verteilt würde. Natürlich nur im Todesfall.

Wir saßen im Büro der Volksbank, unsere Motorad-
helme auf den Knien. 50/50? 40/60? Es war, als
versuchten wir herauszufinden, wer von uns beiden mehr wert war. Wer vertrauenswürdiger war,
wer solventer, wessen Zukunft vielversprechender.

Ich war halbtags bei einem Verein angestellt und begann gerade mit dem Schreiben. Claude leitete die städtische Mediathek von Lyon und arbeitete regelmäßig für *Le Monde* (meistens für die Regionalredaktion Rhône-Alpes), wo er Artikel über Musik veröffentlichte. Lachend veranstalten wir dort auf dem Schreibtisch der Volksbank ein Armdrücken, um das Gefühl von Ernsthaftigkeit abzuschütteln, das uns im Griff hatte, während wir jede einzelne Seite des Vertrags paraphierten, ohne auch nur eine gelesen zu haben. Wir machten diese Geste unter den Augen des Kundenberaters, es war ein Reflex spätpubertärer Rebellion, etwas zutiefst Unreifes, das zeigte, dass wir eigentlich gar nicht bereit waren, ein Haus zu kaufen und einen Traum zu realisieren, den wir im Grunde unseres Herzens verachteten. Und es ist wahr, dass das Ganze untypisch war für uns. Und dennoch gingen wir geradewegs in diesen neuen Lebensabschnitt hinein.

Indem ich meinen Willen durchsetzte, bereitete ich, ohne es zu wissen, die Rahmenbedingungen für den Unfall vor.

4.

*Wenn wir die Schlüssel nicht schon im Voraus
verlangt hätten*

Es war vorgesehen, dass die Merciers uns die
Schlüssel des Hauses am 21. Juni aushändigen
würden, dem Tag der Unterschrift unter den Kauf-
vertrag. Aber ungeduldig wie wir waren, hatten wir
sie gebeten, uns den Schlüsselbund schon ein paar
Tage früher zu überlassen, das heißt schon am Freitag, dem 18. Juni, damit wir das Wochenende hätten, um in der Garage für einige Kartons Platz zu
schaffen und mit dem Umzug zu beginnen. Der
Notar war, wie schon gesagt, ein Freund von uns.
Oder genauer gesagt der Freund von Guy, der mit
Claude in der Stadtbibliothek arbeitete. Weil uns so
viel daran lag, hatte er zugestimmt, Fünfe gerade
sein zu lassen. Um uns einen Gefallen zu tun und
sich nicht als rigider Hüter des Gesetzes zu geben.
Er glaubte, das Richtige zu tun, und es war ja auch
kein Risiko dabei. Dergleichen geschah regelmäßig.
Es genügte, dass wir sofort die Wohngebäude-

versicherung abschlossen, was wir denn auch auf der Stelle machten. Dann begannen wir, die ersten Kisten zu transportieren, Winterkleidung, Bücher, Schallplatten, ein bisschen Kinderspielzeug. Wir dachten, so gewinnen wir Zeit. Und da die Wohnung, die wir aufgaben, nur ein paar hundert Meter von dem Haus entfernt war, konnten wir das machen, wann wir Lust hatten, und unseren Peugeot 106 vollladen.

Es war witzig und regressiv, das Auto mit Kisten und Tüten vollzustopfen, wie damals, als wir noch Studenten waren, es machte Spaß, Dinge zu sortieren und Stapel von Zeug aufzuschichten, und uns in Bewegung zu setzen. Nach all den Monaten des Zauderns hatten wir es nötig, etwas zu tun. Es war uns gar nicht möglich stillzusitzen, dermaßen hatten wir Lust, damit anzufangen, das Haus in Besitz zu nehmen. Wir waren wie elektrisiert, und jeder Handgriff war von einer Ungeduld gesteuert, die man auch Euphorie nennen darf. Es war die gleiche Fieberhaftigkeit wie an dem Tag, als ich das Haus meiner Familie verließ, um mich mit Claude im Zentrum von Lyon niederzulassen. Das sind einzigartige Gefühle, die sich einem einbrennen, die alle Energiezentren des Körpers aktivieren. Das Haus erlaubte uns, unsere Träume und Vorstellungen in die Tat umzusetzen. Einzige Grenze war unser Budget.

Ich sah mich schon die Erde umgraben, um Beete zu bestellen, sah mich einen kleinen botanischen Garten anlegen, der unserem Sohn erlauben würde, fleischfressende Pflanzen zu hegen, die seine neueste Leidenschaft waren. Ich sah mich schon dabei, ein Miniaturgewächshaus zu bauen, um darin Samen zu ziehen, ich stellte mir eine Veranda vor und noch eine ganze Reihe weitere Anbauten. Sagen wir es so: Mir Dinge auszumalen war nicht das Problem, im Gegenteil, es war geradezu unmöglich, sich nicht in die Zukunft hineinzuprojizieren. Es ist erstaunlich, wie sehr das Bewusstsein den gesamten Raum in Besitz nimmt, Pläne schmiedet und jeden Quadratmeter des neu gekauften Grundes erforscht.

Ich denke an dieses Wochenende, an dem wir die Schlüssel bekommen hatten, wie an ein Geschenk, ich denke an das Junilicht, das auf den lehmfarbenen Mauern spielte, ich denke an das große Portal aus Holz mit den antiken Beschlägen, das man mit Kraft öffnen musste, und an den schweren Schlüssel, der sich in dem rostigen Schloss kaum drehen ließ. Ich denke an die Sonnenflecken auf der glühend heißen Erde des Hofs, ich denke an meinen Wunsch, diesen Hof mit Kletterpflanzen zu bevölkern, um einen Patio zu machen, einen mediterranen Ort der Zuflucht und Inspiration. Ich liebte den Gedanken, dass man das Haus durch diesen Garten betreten würde, den wir erst noch schaffen mussten. Und ich hatte vor, einen Fahrradunterstand zu bauen, denn in dieser besseren Welt sah ich mich meine Einkäufe auf dem Fahrrad machen, die perfekte *coole* Städterin, die ich werden wollte. Damals sagte man noch nicht *Bobo*.

Am Sonntag morgen gingen wir zum Flohmarkt in Feyssine und fanden einen schmiedeeisernen Gartentisch mit vier Stühlen, nicht mehr ganz frisch, aber noch benutzbar. Ich würde sie nur abschleifen und neu lackieren müssen. Diese Gartenmöbel, so rustikal wie reizend, waren die exakte Illustration unseres künftigen Lebens wie ich es mir vorstellte, ein Klischee, das ich vermutlich aus einem Film oder einer der Wohnzeitschriften hatte, die ich damals atemlos durchblätterte und behalten habe. Sie sind immer noch in Reichweite, auf einem Regal, direkt hinter mir im kleinen Zimmer des Hauses, in dem ich schreibe, und das, wie alles andere, bald dem Erdboden gleichgemacht werden wird.

Wir hatten Marie und Marc eingeladen, mit uns zusammen im Garten ein Glas zu trinken, auf diesen schmiedeeisernen Stühlen, die reichlich unbequem waren. Es war eine Art Picknick, und wir tranken Bier, das wir mitgebracht hatten. Wir hatten uns unter dem Kirschbaum niedergelassen, der voller Kirschen hing, es war exakt die Kirschenzeit. Überall auf dem Boden lagen die auf den Steinen aufgeplatzten Knorpelkirschen herum und klebten an den Schuhsohlen. Die Jungs kletterten in den Baum, ich rief ihnen zu, sie sollten achtgeben, schließlich wollten wir uns den schönen Sonntag nicht verderben.

Das einzige Problem:
Diese Schlüssel hätten wir niemals im Voraus verlangen sollen.
Diese winzige Zeitverschiebung hat den ganzen Unterschied ausgemacht.
Das habe ich erst danach verstanden.

Nimm die Schlüssel nicht.

5.
Wenn ich nicht meine Mutter angerufen hätte

Wie Familien funktionieren, ist eine merkwürdige Sache. Manchmal kommen die Geschichten der einen der anderen unter die Augen. In diesem Falle zu Ohren. Unwissentlich. Meine Mutter wusste, dass mein Bruder, der in derselben Stadt wohnte wie ich, keine Garage mehr für sein Motorrad hatte. Eine Woche lang. Wegen seiner Vermieterin, die, wie ich später erfuhr, die Box für ihre Zwecke brauchte, nämlich um sie neu zu streichen. Und zwar genau ab Freitag, dem 18. Juni, also exakt dem Tag, an dem wir unsere Schlüssel bekamen. Und vor allem dem Tag, an dem mein Bruder eigentlich hätte in Urlaub fahren sollen. Ich frage mich, warum ich meiner Mutter erzählt habe, dass wir die Schlüssel hatten, dass wir jetzt schon die Schlüssel hatten, dass wir endlich die Schlüssel hatten. War das wirklich so dringend?

Ich frage mich, warum ich meiner Mutter erzählt habe, dass es in diesem Haus eine Garage gab. Eine

Garage, die wir zu einem Wohnzimmer umbauen wollten. Und einen Hof, in dem wir Platz finden würden, um eine Garage zu bauen.

Was bringt eine Tochter dazu, ihrer Mutter etwas auf der Stelle mitzuteilen? Umso mehr, als wir üblicherweise selten telefonierten, vielleicht einmal alle zwei Wochen, und dass das Mobiltelefon noch nicht erfunden war (ich weiß, es gab zwar bereits welche, aber wir hatten uns noch keins gekauft; der einzige Mensch in meiner näheren Umgebung, der schon eins hatte, war Clarisse, die in einer Beziehung zu einem verheirateten Mann lebte, und den riesigen Apparat ganz selbstverständlich aus ihrer Handtasche zog und dann, wenn sie bei uns war, hin und herging, um eine Stelle zu finden, an der sie Empfang hatte), weswegen wir keine SMS schicken konnten, womit wir heutzutage jeden Ort kommunizieren, an dem wir uns gerade befinden, und jede Stimmungslage.

Es hätte auch passieren können, dass ich meine Mutter anrufe, um ihr zu sagen, wir hätten die Schlüssel, und auf den Anrufbeantworter treffe, auf dem ich selbstverständlich keine Nachricht hinterlassen hätte. Was dann alles, was danach passiert ist, vermieden hätte. Meine Mutter anrufen, also meine Eltern anrufen, das ist ein Lapsus, der Bände spricht. Aber da mein Vater schwerhörig war, und vermutlich auch noch aus anderen Gründen, hatte er die Gewohnheit angenommen, das Telefon nicht abzuheben. Meine Eltern waren selten außer Haus, vor allem abends nicht, sie gingen nicht aus. Das Risiko, auf den Anrufbeantworter zu treffen, war also nicht groß. Gleich null besser gesagt. Was zugleich beruhigend und erschreckend ist. Umgekehrt hatte meine Mutter immer große Schwierigkeiten, mich zu erreichen, weswegen sie dann auch immer fragte: *Wo strawanzt du wieder herum?* Mit diesem Verb, das in ihrer Familie in der Auvergne benutzt wird und voller Andeutungen steckt, in diesem Falle bezogen auf meine Art, nicht stillsitzen zu können.

Offenbar kann es nichts Interessanteres zu erzählen gegeben haben, damit die Tochter ihrer Mutter diese Geschichte mit den frühzeitig überreichten Schlüsseln mitteilt, also zu dem Zeitpunkt eine gute Nachricht. *Mama, ich hab die Schlüssel!* vertraut die Tochter ihr ganz aufgeregt an. So wie sie hätte sagen können: *Mama, guck, wie schön ich Pipi ins Töpfchen gemacht habe.* Mama, ich hab die Schlüssel, ich kann auch ein Haus kaufen. Ich habe alles, was man mir beigebracht hat, ganz richtig umgesetzt, nur weil ich die Sex Pistols höre, heißt das nicht, dass ich nicht alles genauso machen könnte wie meine Eltern.

Wie alt muss man werden, um von der Meinung seiner Mutter unabhängig zu sein?

War es, um die Vorzugsbehandlung zu unterstreichen, die der Notar uns angedeihen ließ, indem er uns behandelte wie Freunde? Wollte ich mich gegenüber meiner Mutter aufwerten, indem ich beiläufig erwähnte, der Notar sei ein Freund? Ohne das damals im Geiste so zu formulieren – dafür war es noch zu früh – hatte ich das begonnen, was man den Aufstieg in eine höhere soziale Klasse nennt, ohne mir die Neurose zu ersparen, die immer mit so etwas einhergeht, und natürlich auch ohne sie den anderen zu ersparen. Der Notar war der Freund eines Freundes, wie ich im letzten Kapitel schon sagte, wir kannten ihn erst seit kurzem. Und im Gespräch funktioniert es nun einmal so, dass die Freunde von Freunden, ja auch vage Bekannte, zu Freunden werden, der Einfachheit halber. So ist es eben. Man benutzt gerne Kürzel. Man kann sein Leben nicht damit verbringen, immer und ewig ins Detail zu gehen.

So weit so gut, aber was bringt dann die Mutter dazu, diese Information im Gedächtnis zu behalten und auf der Stelle an ihren Sohn weiterzugeben? Brigitte hat die Schlüssel zu einem Haus mit Garage. David hat gerade keine. Ich leite weiter, ich organisiere das, ich knüpfe die Verbindung zwischen meinem Sohn und meiner Tochter, ich mache mich nützlich, ist doch wunderbar. Vielen Dank, Mama. Es ist normal, ich hätte das Gleiche gemacht, das ist der familiäre Diensteifer, der einen zum Schuldner des andern macht. Kommunizierende Röhren. Das ist die Definition einer Familie. Mutter sein, das bedeutet, Gleichgewicht schaffen, darauf achten, dass Brigitte nicht mehr Kartoffelbrei abbekommt als David. Das heißt, dafür zu sorgen, dass Brigitte, die Ältere, David ihre Sachen borgt. Du borgst deine Legosteine, du lässt sie von deinem Netzwerk profitieren, du borgst deine Garage. Und alle sind glücklich. Und dankbar. Das ist Solidarität, keine Übergriffigkeit. Es gibt keine Grenzen und kein Eigentum. Man gibt für die Gruppe, oder manchmal für den Clan.

Die Botschaft war also angekommen.

6.

Wenn mein Bruder nicht plötzlich eine Woche Urlaub genommen hätte

Ich weiß nicht mehr, wo mein Bruder 1999 arbeitete. Womöglich war er bereits Techniker bei der Wartung und Instandsetzung des Wagenparks der Präfektur Rhône. Ist auch gleich, jedenfalls hatte er eine Stelle, die ihm erlaubte, im Juni und sehr kurzfristig eine Woche Urlaub zu nehmen, bevor noch die richtige Urlaubzeit im August anbrach. Ich weiß nicht, ob es damals die gesetzliche Arbeitszeitverkürzung schon gab. Man müsste nachsehen, aber wozu. Auch möglich, dass es am Dienstplan lag, und sein Chef ihm nahegelegt hatte, jetzt seine aufgelaufenen Urlaubstage zu nehmen oder seine Überstunden abzubummeln. Die sein Arbeitgeber nicht die geringste Absicht hatte auszuzahlen.

Einer seiner Kumpel überließ ihm eine Einzimmerwohnung in Nizza, was wohl mit einer Lücke in der Vermietungsplanung zu tun hatte, ich habe das nie in Erfahrung bringen können. So ein freies Apartment an der Côte d'Azur, das lehnt man nicht ab, umso weniger, wenn man elf Monate am Stück die Auspuffgase von Lyon und Umgebung eingeatmet hat und sich um einen Wagenpark von Blaulichtern hat kümmern müssen. Und an der Engelsbucht herrscht dann doch noch mal ein anderes Licht als in der Abschmiergrube, in der die Ölwechsel der Renault-Wannen der französischen Polizei durchgeführt werden. Mein Bruder hatte sein Leben organisiert: seine Diensthierarchie, seine Kollegen, seine Frau, der Kindergarten seiner Tochter, bloß eine Garage fehlte, und das war ein Problem, das ich gegen meinen Willen lösen sollte. Er sollte am Samstagmorgen des 19. Juni losfahren, und wir hatten soeben die Schlüssel bekommen. Der Zufall hatte alles richtig gemacht. Und her mit deiner 900er Honda Fireblade, du stellst sie hier in die Ecke, da wird sie dir keiner klauen.

7.

Wenn ich zugestimmt hätte, dass unser Sohn
mit meinem Bruder in den Urlaub fährt

Aber mein Bruder hatte uns, ohne es zu wissen, eine Chance gegeben davonzukommen. Einen Joker, den man hätte ziehen müssen.

Da er großzügig und solidarisch war, schlug er mir vor, unseren Sohn für diese unverhoffte Woche in der Sonne mitzunehmen. Ich erinnere mich an unser Telefongespräch. Es hätte gereicht, dass ich Ja sage, und der Unfall wäre nicht passiert. Es hätte gereicht, dass ich einen Luftsprung mache vor Freude angesichts der Vorstellung, dass unser Sohn die letzte Woche der Schule schwänzte und die Abschlussfeier samt der Vergnügungen verpasste, die diese letzten Tage immer begleiten. Stattdessen sagte ich, ich denke darüber nach, ich spreche mit Claude darüber und melde mich rasch zurück.

Denk nicht nach, sag Ja.

Der kleine Mann in meinem Ohr hätte mir zuflüstern müssen, es sei wichtig, dass unser Sohn eine Woche mit seiner Cousine und seinem Onkel verbringt, viel wichtiger als Schule, dass dies eine perfekte Gelegenheit war, die vielbeschworenen Familienbande zu stärken. Ich hätte ein normaler Mensch sein müssen, statt besessen vor Angst. Ich habe nicht herumgefragt, aber da wir schon beim Thema sind, tue ich es jetzt: Wer würde seinen achtjährigen Sohn, der noch nicht richtig schwimmen kann, eine ganze Woche lang ans Meer fahren lassen, mit zwei Erwachsenen, von denen man nicht weiß, wie sie Kinder beaufsichtigen, mit zwei Erwachsenen, mit denen ich wenig Umgang pflege, von denen ich gehört habe (durch meine Mutter), dass sie vor Ort ein Motorboot haben, und dass außerdem zwischen Wohnung und Strand eine Straße überquert werden muss.

Claude und ich kamen uns lächerlich vor, weil wir zögerten. Es war uns peinlich, das Angebot abzulehnen. Für wen hielten wir uns denn, so ein gefundenes Fressen zu verweigern. Waren wir solche Miesepeter, solche Spielverderber, solche Feiglinge, die zu keinem anderen Vertrauen haben konnten? Wir hatten unseren Jungen zum ersten Mal in einem Ferienlager angemeldet, für vierzehn Tage

im August, denn unser Sommer würde hauptsäch-
lich mit dem Umbau des Hauses verbracht werden,
und diese zwei Wochen fern von uns schienen uns
mehr als genug zu sein.

Ich rief meinen Bruder zurück und bog die Wahr-
heit etwas zurecht. Ich sagte ihm, sein Neffe müsse
noch Jahresendprüfungen ablegen, und da sei es
nicht gut zu fehlen, was nicht stimmte. Ich sagte
ihm auch, er habe eine wichtige Rolle bei der Choreografie im Rahmen der Schulfeier, was zum
Glück für mein Gewissen stimmte. Ich spürte seine
Enttäuschung und seine Zweifel daran, dass ich
ehrlich zu ihm war. *Tja, das ist wirklich schade, Sophie
wird riesig enttäuscht sein.* Sophie, die ihren Cousin
maßlos bewunderte, der ihr zeigte, wie man bei
den Großeltern über den Zaun kletterte, wie man
heimlich die Nacht in der Gartenhütte verbrachte,
oder wie man die Pferde fütterte, ohne in die Finger
gebissen zu werden.

Das ist wirklich schade. Aber ich war erleichtert, ich
hatte unseren Sohn nicht in Gefahr gebracht. Es
war uns gelungen, Nein zu sagen, ohne jemandem
auf den Schlips zu treten.

Es war ein weiteres Mal die falsche Entscheidung.

8.

Wenn mein Bruder nicht ein Problem
mit einem Garagenstellplatz gehabt hätte

Ich habe diese Geschichte mit der Garage, die mein
Bruder in seinem Viertel mietete, nie verstanden.
Oder besser: die er zur Untermiete hatte. Eine Bekannte aus seinem Fitnessstudio, vielleicht auch
eine Kollegin von der Polizei, hatte ihm angeboten,
einen Stellplatz in einem öffentlichen Parkhaus mit
ihr zu teilen, wo ein Motorrad mehr oder minder
inkognito dazu geparkt werden konnte, selbst ein
großes. Das war, so nah an seinem Zuhause, eigentlich clever ausgeknobelt. Mein Bruder hat immer
Sachen clever ausgeknobelt, sei es um an eine Ge-
schirrspülmaschine zu kommen oder an eine
Alarmanlage fürs Auto oder an Stoßdämpfer für
den Kastenwagen.

Alles lief also sozusagen wie am Schnürchen, wäre
da nicht diese Kleinigkeit dazwischengekommen,
die ihn zwang, sein Motorrad von Freitag, dem
18. bis Freitag, dem 25. Juni anderswo zu parken.

Eine Kleinigkeit, die sich in seinem Kopf schnell zu einem Problem auswuchs, und schließlich zu einem schrecklichen Notfall. Er fragte seine Freunde, seine Kollegen, die Eltern von der Schule, dann auch noch den Verantwortlichen für den polizeilichen Wagenpark, mit anderen Worten: seinen Chef, aber es tat sich keine Option auf, die verhindert hätte, dass seine Honda die Nacht unter freiem Himmel verbrachte. Das war der absolute Horror für den Motorradfahrer von echtem Schrot und Korn, der mein Bruder war (und noch immer ist), vor allem verglichen mit einem nicht ganz so hartgesottenen Biker wie Claude, obwohl auch der seine Suzuki Savage LS 650 die Nacht über nicht draußen gelassen hätte.

Mein Bruder sah schon keine andere Möglichkeit mehr, als den Bullen zu bestechen, der für das große Parkhaus des Innenministeriums verantwortlich war. Dort irgendwo in einer Ecke abgestellt, hätte sein Motorrad gewiss nicht für Probleme im Dienstplan gesorgt. Aber es ist immer das Gleiche, macht man erstmal eine Ausnahme, dann folgt früher oder später die Anarchie. Und Anarchie und Polizei vertragen sich nicht gut.

Womöglich war er gerade kurz davor, einen Kumpel aus dem Karting-Club anzurufen oder noch mal mit dem Bruder seiner Frau zu reden, womög-

lich hatte er vor, dem Hausmeister bei sich eine
200-Francs-Note zuzustecken, damit der ihm den
Keller zur Verfügung stellte, womöglich brauchte
er auch nur bei diesem Freund eines Freundes
vorbeizuschauen, dem er eine Kiste Wein bringen
wollte, womöglich hatte er diesen einen zufälligen
Ausweg gefunden, der ihm erlauben würde, trotz
allem in Urlaub zu fahren, aber da hat meine Mutter angerufen mit der kostbaren Neuigkeit. Brigitte
hat die Schlüssel. Brigitte hat die Schlüssel schon
früher. Brigitte hat die Schlüssel schon diesen Frei-
tagnachmittag den 18., der Notar hat ein Auge zu-
gedrückt, du verstehst schon, aber das bleibt unter
uns. Ist das nicht ein unglaublicher Zufall? Manchmal macht einem das Leben solche Geschenke.

9.

Wenn ich nicht den Termin meiner Reise nach Paris
zu meinem Verleger verschoben hätte

Mein zweiter Roman sollte im September im Herbstprogramm erscheinen, genauer gesagt Ende August. Der Titel war *Nico*. Meine Pressereferentin hatte mir vorgeschlagen, sie für die Pressearbeit zu besuchen, um Widmungen für die Journalisten in die Exemplare zu schreiben, die sie dann den Sommer über lesen sollten. Sie hatte mir zunächst Freitag, den 18. Juni vorgeschlagen, aber da das der Tag der Schlüsselübergabe war, wollte ich nicht auf all das verzichten, was ich weiter oben beschrieben habe. Außerdem hatten wir einen Termin mit einem Heizungsmonteur, den ich nicht verpassen wollte. Ich habe also gefragt, ob wir die Pressearbeit nicht auf die folgende Woche verschieben könnten, beispielsweise auf den Dienstag, den 22. Juni. Es war mir etwas peinlich, denn so etwas tut man normalerweise nicht, die Planungen seiner Pressereferentin durcheinanderwirbeln, aber sie reagierte nett und überaus zuvorkommend, besser, sie hätte mich auflaufen lassen. Die gute Emmanuelle. Was sie hätte sagen sollen, war: Ich treffe hier die Entscheidungen.

Entweder der 18. Juni oder gar nichts, meine Süße. Das ist hier kein Selbstbedienungsladen.

Zumal ich meine Zugfahrkarte bereits gekauft hatte, die aber unglücklicherweise umtauschbar war, vorausgesetzt ich stellte mich in die Schlange am SNCF-Schalter im Bahnhof Croix-Rousse. Ich verfluche diese umtauschbaren Fahrkarten. Man hätte mich zwingen müssen. Ich verfluche diese Welt, die sich auf meine Launen einließ. Ich verfluche diese Freiheit, die ich so schlecht genutzt habe.
Wenn ich wie vorgesehen am 18. Juni nach Paris gefahren wäre, dann wäre ich gegen Ende des Tages zurückgekommen, genau zu dem Zeitpunkt, als mein Bruder sein Motorrad abstellte. Wir wären uns also kurz über den Weg gelaufen. Und das ist alles. Es hätte dann keine Geschichte gegeben.

Stattdessen brauchte ich mich also bloß gute zwanzig Minuten am SNCF-Schalter zu gedulden, in der Hand das Zettelchen mit meiner Nummer, und da ich bester Stimmung war, kam es mir nicht so schlimm vor, mich gegenüber einem Sachbearbeiter hinzusetzen, dessen Gesten mir zu langsam waren und dessen tiefe Gleichgültigkeit mir ein Rätsel blieb. Es war die Zeit vor den Selbstbedienungsautomaten, es war die Zeit vor der elektronischen Machtübernahme, die uns alle zu Kassiererinnen, Tippmamsells, Sekretärinnen und Buchhaltern gemacht hat. Ich glaube mich zu erinnern, dass ich super gelaunt war, nach Paris und zurückzufahren und bei Hélène zu übernachten. Super gelaunt bei dem Gedanken, bald schon meinen Roman in Händen zu halten. Keinerlei Schatten fiel auf dieses Bild.

Die Pariser wissen das nicht, aber für jemanden aus der Provinz ist es ein kleiner Kraftakt, sich eine Fahrkarte zu besorgen und in Paris ein Bett für die Nacht zu finden. Damit man bei Freunden unterkommen kann, muss man erstmal Freunde in der Hauptstadt haben, und dann auch eher bei der Bastille als in Sartrouville, und zu viel Kinder sollten sie auch nicht haben. Da ich erst ein Buch veröffentlicht hatte, kannte ich im Betrieb so gut wie niemanden, jedenfalls nicht gut genug, um mir eine Einladung zum Übernachten erhoffen zu können. Was mir dann später immer reichlich peinlich gewesen ist, auf dem Wohnzimmersofa zu schlafen, vor allem früh morgens mein Gesicht sehen zu lassen, das so anders wirkt als am Abend, mich im Badezimmer breitzumachen und überhaupt in die Privatsphäre dieser Freunde einzudringen, dieser Pariser Freunde, die leider die übrige Zeit unsichtbar blieben und denen meine Freunde in Lyon nie begegnen würden (das heißt natürlich außer am Tag des Begräbnisses).

Mein Verlag hatte mir angeboten, ein Hotelzimmer zu buchen, das fällt mir jetzt wieder ein, denn ich musste gegen zehn Uhr im Verlag *Stock* sein, und dafür hätte ich, aus Lyon kommend, im Morgengrauen aufstehen müssen. Da ich diese Terminverschiebung erzwungen hatte, konnte ich schlecht verlangen, am Nachmittag signieren zu dürfen. Ich zeigte mich kompromissbereit und lehnte das Hotelzimmer ab, das, wie ich wusste, zusätzliches Geld gekostet hätte, wo man mir ja schon eine Zugfahrkarte spendierte. Ich habe das nie gemocht, dass Schriftsteller aus der Provinz automatisch die Spesen steigen lassen, es ist schon genug, dass man das Etikett *regional* aufgeklebt bekommt; na gut, mittlerweile hat sich das etwas geändert, aber damals hatte ein Schriftsteller gefälligst in Paris zu leben, und wenn er seinem Verlag einen Besuch abstattete, dann tat er es beiläufig, auf dem

Weg zum Markt. Ich dagegen brauchte immer den Zug und hing von den Fahrplänen ab. Wenn man nicht mehr wusste, was man mit mir besprechen sollte, fragte man, ob ich noch einen Zug kriegen würde. Das war wenigstens ein Gesprächsthema. Und wenn man sich kurzerhand zum Aperitif verabredete, konnte ich nie dabei sein, weil der letzte Zug um 19.58 Uhr von der Gare de Lyon abfuhr. Und wie oft bin ich dort unter der elektronischen Anzeige vorbeigerannt.

Ich hatte noch keine Erfahrung, und ich nahm diesen Pressedienst, ernsthaftes Mädchen, das ich nun mal bin, sehr wichtig. Also reiste ich lieber am Vorabend an, was mir ersparte, um fünf Uhr aufzustehen und zwangsweise eine schlaflose Nacht zu verbringen, und was mir erlauben würde, Hélène wiederzusehen, eine Freundin aus Lyon, die seit kurzem in einer Buchhandlung im 20. Arrondissement arbeitete und unbedingt wollte, dass ich sie besuche. Was dann ganz praktisch war.

Nach Paris zu fahren heißt auch, die Gelegenheit zu nutzen, um eine Ausstellung zu besuchen. Für den Provinzler ist so eine Ausstellung ein Reisegrund an sich, denn in der Provinz, in der er lebt, glaubt er, dass ihm das Entscheidende vorenthalten wird, sprich Klimt, Bacon oder Boltanski, und er stellt sich vor, dass die Pariser ihr Leben damit verbringen, permanent an den Fotos von Walker Evans oder den Installationen in der Cartier-Stiftung vorüberzuflanieren. Von hier aus betrachtet, reimt sich Paris mit Ausstellung oder einem mythischen Konzert, das ist eine der Facetten des Minderwertigkeitskomplexes des Provinzlers, den man so auf den Punkt bringen könnte: Er ist derjenige, der die Ausstellung nicht gesehen hat, der sich damit begnügen muss zu sagen, dass er davon gehört hat, derjenige, der stattdessen die entsprechenden Zeitungsbeilagen durchblättert.

Zum Beispiel hat der Provinzler von dem Konzert gehört, das Joy Division 1979 im Bains Douches gegeben hat, eine Gruppe, die er nie zu Gesicht bekommen hat, aber dafür hat er den großartigen Bericht gelesen, den Michka Assayas darüber in *Libération* geschrieben hat. Und der Claude grün vor Neid werden ließ und seinen Wunsch vergrößerte, über Rockmusik zu schreiben. Die Ausstellungen, die Konzerte und die mythischen Locations wie das Bataclan, die Maroquinerie, das Élysée Montmartre, das Gibus, das Trabendo oder das Olympia, ganz zu schweigen vom Palace – all das war Paris, der Ort, an dem sich offenkundig alles abspielte.

Ich sagte mir also, ich würde die Nacht vom 21. Juni bei Hélène verbringen können, am nächsten Morgen meinen Pressedienst absolvieren, und wenn mir dann noch Zeit bliebe, würde ich mir die Installation von Ousmane Sow auf dem Pont des Arts ansehen. Also buchte ich, um einen Zeitpuffer zu haben, meine Rückfahrt für Dienstag, den 22. Juni auf den Zug um 18.58 Uhr, was bedeutete, dass ich gegen neun Uhr abends in Lyon wäre.

Gut eingefädelt.
Dachte ich.

10.

*Wenn ich Claude am Abend des 21. Juni angerufen hätte,
wie ich es hätte tun sollen, anstatt mir Hélènes
neue Liebesgeschichte anzuhören.*

Ich habe mich am frühen Nachmittag, Montag
den 21. Juni, nach der Unterschrift unter den Kauf-
vertrag beim Notar von Claude verabschiedet.
Dann nahm ich den Bus zum Bahnhof und dann
den Zug, wie vorgesehen, und habe den Abend bei
Hélène verbracht, ebenfalls wie vorgesehen. Während des Wochenendes in Lyon, als wir am Haus
herumbastelten, hatte ich trotzdem die Zeit, im
Monoprix einer Bekannten über den Weg zu laufen, deren Sohn in derselben Klasse wie unserer
war, und der ihn einlud, am Dienstag, dem 22. Juni
nach der Schule seinen achten Geburtstag mit ihm
zu feiern. Es kam häufig vor, dass die Kinder sich
nach halb fünf Uhr gegenseitig nach Hause ein-
luden. Ein weiterer Grund, warum ich in dem Viertel hatte bleiben wollen, die Kameradschaft, die
Selbstverständlichkeit, die kleinen Gefallen, die

man einander tun konnte. Das machte alles leichter.

Claude brauchte seinen Sohn also nicht von der Schule abzuholen.
Ich hatte ganz vergessen, ihm das zu sagen.
Hier ziehe ich wieder einen Joker.

Ich hatte es vergessen.
Aber das ließ sich reparieren.
Ich würde das Gespräch, das ich mit meiner Freundin Hélène führte, die in der Nähe des Centre Pompidou wohnte und die ich lange nicht gesehen hatte, einfach unterbrechen. Ich würde vom Sofa aufstehen, in das ich mich gemütlich gekuschelt hatte und in dem ich die Nacht über auch schliefe, ich würde fragen, ob ich telefonieren dürfte, ich würde warten, bis es halb zehn wäre, denn damals – Sie erinnern sich –, damals war das Telefonieren teuer, es gab Tarifzonen, Zeitfenster, ein ganzes System, das das Leben manchmal kompliziert machte, wie zum Beispiel, dass man vor dem Apparat sitzen und auf einen Rückruf warten musste, warten musste, dass ein Amt einen anruft oder dass der Mensch, in den man verliebt war, einen anruft.
Wir waren mitten in einem Gespräch, das vom Hölzchen aufs Stöckchen kam, ich weiß es nicht

mehr genau, vermutlich erzählte sie von ihrer neuen Arbeit als Buchhändlerin oder von der Frau, die sie kennengelernt hatte, und die ihr schlaflose Nächte und Herzklopfen bereitete. Es sei denn, wir waren immer noch bei den Texten von Olivier Cadiot, den sie liebte, oder beim neuesten Album von Cat Power, das sie gerade aufgelegt hatte. Doch, sehr wahrscheinlich, dass wir *Moon Pix* hörten. Vielleicht haben wir auch über das neue Haus geredet, das wir gekauft hatten, Claude und ich, und über die Renovierungen, die wir in Angriff nehmen würden, über dieses Haus, in dessen Obergeschoß wir drei Zimmer einrichten wollten, von denen eines für Freunde reserviert wäre, und das sie, wann immer sie wollte, bewohnen könnte.

Steh jetzt auf und ruf an.
Noch ist es Zeit zu verhindern, was passieren soll.

Wir aßen Pastetchen, die sie warm gemacht hatte und die fantastisch schmeckten, und tranken Martini, ich glaube es war Martini Rosso, in kleinen Schlucken. Wir tranken und wir quatschten. Es war nach halb zehn, unten auf der Straße war die Fête de la Musique in vollem Gange. Ich entdeckte in der Ecke der Küchenzeile eine Wanduhr und konnte sehen, wie die Zeit verstrich. Ich sagte mir, dass es noch früh genug war, dass Claude dabei sein musste, seinen Sohn zu Bett zu bringen, und ich wollte ihn nicht überfallen, kaum dass er damit fertig wäre, ganz bestimmt hätte er Lust, kurz seine Ruhe zu haben, am offenen Fenster zu stehen und eine Lucky Strike zu rauchen und dabei eine der neuen CDs zu hören, die er von der Arbeit mitgebracht hatte und dazu die Bässe hochzufahren. Bis 22 Uhr konnte er die Lautstärke aufdrehen, danach gestattete das Gesetz den Nachbarn, sich zu beschweren, was sie niemals getan hatten; im Gegenteil, sie waren es, die uns die Ohren betäubten mit ihren *Gymnopédies* von Satie, die sie auf einem ungedämpften Klavier spielten, und vor allem mit ihren ewigen Zankereien, die immer auf dieselbe Weise endeten, nämlich mit Tränenausbrüchen des Mädchens, die durch die nicht mehr so gut isolierte Decke drangen, denn wir hatten ja, wie bereits berichtet, die Zwischendecke entfernt.

Irgendetwas hielt mich davon ab anzurufen. Ich schob es hinaus. Ich blickte in die Richtung des Telefons, das auf einem Regalbrett unten in der Bücherwand stand, aber ich wagte es nicht, Hélène zu unterbrechen, die mir intime Dinge aus ihrem Leben erzählte, über das neuartige Dasein in Paris, über ihre Liebessachen, ich brachte es nicht über mich, aufzustehen und sie zu fragen, ob ich telefonieren könne, Claude anrufen, ich hatte Angst, sie könne es blöd finden oder sogar aufdringlich, dass eine Frau, die gerade mal ein paar Stunden von zu Hause fort ist, das Bedürfnis empfindet, ihren Partner anzurufen. Ich hatte vermutlich Angst, dass sie mich so beurteilte, wie man manchmal heterosexuelle Paare beurteilt – heute nennt man sie *heteronormativ* – und dass sie sich dachte, ich wäre nicht in der Lage, ich selbst zu sein, so ganz allein ohne ihn, ganz allein ohne den Menschen, den sie im Übrigen kannte und schätzte. Was meine Befürchtungen noch steigerte, die im Grunde keine waren, sondern nur ein vages Gefühl, das mir durch den Kopf ging, das war, dass sie womöglich denken konnte, ich sähe mich verpflichtet, zu Hause anzurufen, weil ich ein Kind hatte, und dass sie das zu dem Schluss brächte oder in ihrer Meinung bestärkte, dass Mütter, wenn man sie von ihrem Nachwuchs trennt, zu gar nichts mehr in der Lage sind.

Genauso wie über *heteronormative* Paare kursieren auch über Mütter solche Klischees, sie seien unfähig, ohne ihre Kinder zu leben, dass sie kein anderes Gesprächsthema kennen, als ihre Gören, und keine anderen Interessen haben, wobei ich sagen muss, dass das alles nicht völlig falsch ist. Ich habe letztens in einem Buch mit dem Titel *Der ganz normale mütterliche Wahnsinn* einen Text der Lacan-Jüngerin Dominique Guyomard gelesen, der die vorsichtige Frage stellt, ob man Mutter sein könne, ohne auch ein wenig verrückt zu sein. So, jetzt ist das wenigstens raus. Hélène besaß weder Mann noch Kind, und ich wollte ihr nicht mit meinem eventuellen mütterlichen Wahnsinn auf die Nerven fallen, der mir immerhin im Nachhinein den Beginn einer Erklärung liefert.

Aber wenn ich ganz ehrlich bin, wollte ich sie vor allem nicht in ihrer Erzählung über die verschiedenen Spielarten der Liebe unterbrechen, die sie erlebte und die den Abend prickelnd machten. Wir waren so ganz auf einer Linie, voll in der Regression zweier tuschelnder Freundinnen, die sich wiedersehen. Und schließlich und endlich war ich schlicht zu faul aufzustehen. So richtig schön faul.

Und dennoch sagte ich mir: So, jetzt rufst du an. Und genau da, also jetzt, hätte ich telefonieren müssen.

Dieser Anruf – was mir natürlich nicht klar sein konnte –, dieser Anruf hätte unser Leben verändert.

11.

Wenn ich ein Mobiltelefon gehabt hätte

Dann hätte ich Folgendes geschrieben:

Alles in Ordnung? Du brauchst Théo morgen nicht von der Schule abzuholen, er ist bei Maxime zum Geburtstag eingeladen, seine Mutter nimmt ihn mit. Sie bringt ihn auch abends wieder zurück. Hier die Nummer. Gute Nacht, my Love.

Mittlerweile war es nach 22 Uhr, und das war der Moment, das war der exakte Moment, um in Claudes Abend einzubrechen, der mittlerweile die Lautstärke seiner Musik hatte runterdrehen müssen und wahrscheinlich gerade ein Bier trank, während er an einem Artikel schrieb. Aber ich traute mich immer noch nicht, Hélènes Redefluss zu unterbrechen, ihre Geständnisse waren noch immer so intim, und mit ihnen schenkte sie mir ein Vertrauen, das mir schmeichelte. Es war mir unmöglich, mitten in einem Satz, mitten in ihrer Erzählung, deren Spannungsbogen sie perfekt austarierte, um ihre Gefühle für diese Frau, die sie kennengelernt hatte, zum Ausdruck zu bringen, es war mir schlicht unmöglich, da aufzustehen und ihr klarzumachen, dass ich Besseres zu tun hatte als ihr zuzuhören. Entschuldige, das ist ja alles gut und schön, aber ich bin mit den Gedanken woanders, verzeih mir, aber ich muss jetzt Claude anrufen und was mit ihm besprechen.

Und ich traute mich nicht, weil Telefongespräche zwischen Paris und Lyon teuer waren, und ein Anruf, auch nach 21.30 Uhr, bedeutet hätte, meine Freundin um einen weiteren Gefallen zu bitten, wo sie mich doch schon bei sich schlafen ließ. Auch wenn mir klar ist, dass diese faule Ausrede nicht standhält.

Sagen wir es so: Es war ein Amalgam, eine Zusammenballung von Mikrogründen, die aneinandergereiht so etwas wie einen Hinderungsgrund ergaben zu telefonieren.

Genauso wie die Mikroereignisse, die sich seit einer Woche begeben hatten, ein Netz webten, dessen Maschen immer enger wurden, so dass sie schließlich unausweichlich zu dem Unfall führten.

Den wahren Grund kenne ich.
Und gut möglich, dass es dieser wahre Grund war und nur er, der mich vom Telefonieren abhielt.

Wie soll ich mich ausdrücken, um hier glaubwürdig zu sein, vor allem mir selbst gegenüber?

Was mich zwischen 21.30 Uhr und 22.30 Uhr davon abhielt, vom Sofa aufzustehen, das war eine ganz bestimmte Empfindung, die sich schon seit mehreren Jahren in mir festgesetzt hatte und mir vom Zeitgeist eingepflanzt worden wa, und die forderte, dass die Väter eine neue Rolle innerhalb der Familie einnehmen. Ich wollte, dass Claude mich nicht brauchte, weder meine Überwachung noch meine Meinung, um sich um seinen Sohn zu kümmern. Ich wollte, nein, das Verb ist falsch gewählt, ich hoffte, dass er seine Rolle annehmen und seine eigene Beziehung zu seinem Sohn aufbauen würde, was er auch tat. Es heißt so oft von Müttern, sie seien autoritär und erdrückend (zusätzlich zu der bereits erwähnten Verrücktheit), dass ich manchmal versuchte, mich in einem Eckchen zu verkriechen und nie wusste, ob ich nun zu viel tat oder nicht genug. Ich versuchte, Raum zu lassen.
Die seriöse Presse war voll von Artikeln, die Väter aus einem neuen Blickwinkel in Augenschein nah-

men und von ihnen forderten, das zu werden, was man damals *Neue Väter* nannte, anders gesagt, Männer, die weniger viril, weniger distanziert, weniger abwesend waren. Männer, die nicht nur zwischen ihrer Arbeit und den Abenden vor dem Fernseher hin- und herpendelten und dem Klischee des Durchschnittsfranzosen der letzten Jahrzehnte entsprachen, dem wortkargen Mann, der im Auto seine Gauloises rauchte, die Beine unterm Tisch ausstreckte und seine Schmutzwäsche seiner Frau überreichte. Und nur ein sehr eingeschränktes Interesse für seinen Nachwuchs hatte.

Diese *Neuen Väter*, von denen die neunziger Jahre nicht mehr nur verlangten, das Haushaltseinkommen herbeizuschaffen und die Familie zu beschützen, wurden nun auch gedrängt, sich um ganz andere Dingen zu kümmern, wie an Kursen zur schmerzlosen Geburt teilzunehmen, zu lernen, wie man Windeln wechselt oder das Fläschchen gibt, und das brachte zwar viele Paare aus dem Gleichgewicht, hinderte aber die Frauen nicht daran, die Augen zum Himmel zu drehen, wenn ihr Mann den Strampelanzug falsch zuknöpfte. Dieser neue väterliche Ort musste erst noch erfunden werden, und die Frauen mussten Arbeitsteilung lernen, etwas, das sie zugleich erhofften und fürchteten. Sie mussten ganz widersprüchlichen Wünschen oder besser Forderungen gerecht werden, denen, die ihre Mütter an sie stellten, denen der sich weiterentwickelnden Gesellschaft, denen ihrer eigenen Überzeugungen, um nicht zu sagen Neurosen. Und das hieß, es sehr unterschiedlichen Positionen rechtmachen zu wollen.

Und das war es, was mich an jenem Abend bei Hélène zweifellos davon abgehalten hat, zum Hörer zu greifen. Ich erinnere mich an diesen Satz, der durch meinen Kopf hallte und mich wie ein Schlag traf: Lass die Jungs in Ruhe, lass sie alleine klarkommen. Auf feministische Weise, mit dem Willen, meine Unabhängigkeit zu bekräftigen. Im Grunde meiner Seele hatte ich keine Lust anzurufen, keine Lust zu erfahren, was sie gegessen hatten, womit sie den Abend verbracht hatten, ob unser Sohn seine Gedichte auswendig gelernt hatte, um wieviel Uhr er schlafen gegangen war, ich hatte keine Lust zu erfahren, welche Kleidung sich Claude für den nächsten Tag rauslegen würde. Eigentlich wollte ich es natürlich doch alles wissen, ich brannte darauf, es zu erfahren, aber eine kleine Stimme in meinem Kopf sagte mir, ich solle sie in Ruhe lassen.

Du lässt sie in Ruhe. Du bist nicht unentbehrlich.

Ich sah, wie die Uhrzeiger sich drehten, ich sagte mir, dass Claude vermutlich dabei war, anlässlich des Konzertes, das PJ Harvey zum Beginn ihrer Tournee im Transbordeur in Villeurbanne geben würde, an dem Artikel über sie zu schreiben. Ich stellte mir vor, wie er rauchte, das Fenster weit hinaus in die Juninacht geöffnet, zwischen zwei Absätzen, und von unten her aus den Straßen waren die Klänge der Fête de la Musique zu hören. Ich sah ihn vor mir, wie er das neueste Album von PJ Harvey auf den Plattenteller legte, *Is This Desire?*, wie er aufmerksam dieser Stimme und diesen Gitarrenakkorden lauschte und sich Fragen für das Interview zurechtlegte, das er mit ihr führen wollte. Die Zeitung hatte ein Porträt in Auftrag gegeben, dieses sehr knifflige Stück Arbeit, bei dem man Biografisches und Musikalisches mischen und vor allem die richtige Perspektive finden muss. Die Perspektive, das war das Leitmotiv des Journalisten, das Wort, das ihn umtrieb, seit er als freier Mitarbeiter vor mittlerweile fünf oder sechs Jahren zur Redaktion von *Le Monde* gestoßen war.

Ich sagte mir, dass ich trotzdem würde anrufen müssen, ich war nicht völlig im Reinen mit mir. Ich hatte das Ganze ein wenig zu rasch für mich geregelt. Aber vor lauter Aufschieben war es nun bald elf, und es wäre vielleicht lächerlich, so spät noch anzurufen, um eine solche Kleinigkeit mitzuteilen. Claude hatte geplant, seinen Sohn abzuholen, und zweifelsohne machte ihm das auch Spaß. Ja, das hatte ich schließlich entdeckt: Seinen Sohn von der Schule abzuholen war keine lästige Pflicht für ihn, sondern eine Freude. Aber klar, es war eine Freude. Warum hatte ich daran nicht schon früher gedacht. Er würde seinen Sohn vor der Geburtstagsfeier noch sehen, vielleicht würden sie sogar gemeinsam hingehen. Sie würden sich alle möglichen Dinge erzählen, von denen ich keine Ahnung hatte. Sie würden unterwegs zusammen Quatsch machen und sich amüsieren. Ich beschloss, dass mich das nichts anging. Das war ihr Leben, und es war morgen. Claude war erwachsen, die Sache war erledigt.

12.

Wenn die Mutti-Stunde nicht auch die Vati-Stunde
gewesen wäre

Woran liegt es, dass ein Vater, der einen verant-
wortungsvollen Beruf hat, der eine Abteilung in
einer wichtigen Einrichtung leitet (die städtische
Mediathek von Lyon), zweimal die Woche seinen
Sohn von der Schule abholt und das zu einer Prio-
rität macht? Für Männer am Ende des 20. Jahrhunderts, und das gilt noch mehr für leitende Angestellte, ist es nichts Gewöhnliches, um vier Uhr
nachmittags ihren Arbeitstag zu unterbrechen,
weil sie der Ansicht sind, ihre Gegenwart sei nicht
mehr unentbehrlich, sich aus dem Staub machen
und Zeit mit ihrem Kind verbringen. Ebenso wenig
ist es der freie Wille der Frauen, die ohnehin spek-
takuläre Akrobatenkunststücke vollbringen, um
ihr Familienleben, ihre Paarbeziehung und ihren
Berufsalltag auf die Reihe zu kriegen. Aber es ist
ja schon endlos über diese Themen diskutiert worden. Jeder tut, was er kann, hat die Zeit, die ihm

fehlt, wie eine Schlinge um den Hals, stiehlt sich hier und da einen Moment und ist permanent frustriert, irgendetwas Wichtiges zu verpassen. Man hetzt permanent dem Countdown hinterher, von morgens bis abends, bis dann endlich das Licht im Kinderzimmer gelöscht ist, und man sich mit einem großen Uff aufs Sofa sinken lässt.

Ich habe einen Verleger gekannt, meinen damaligen Verleger Jean-Marc Roberts, den ich gerne erwähne, weil er sein Büro um 17 Uhr verließ, um seinen Sohn von der Schule abzuholen. Und dabei hätte er vielleicht jeden Abend so viel Besseres zu tun gehabt, dort im Herzen von Paris, wo an jeder Ecke der Puls der Zeit schlägt. Ich weiß nicht, wie er es geregelt hat, aber zur Mutti-Stunde, der so falsch betitelten, fand er sich vor der Schule ein.

Claude war auch jemand, der sein Leben auf diese Weise organisierte. Egal, was anlag, er war dienstags und donnerstags dort, und weder vergab er sich dabei etwas von seinem Selbstgefühl noch von seiner Eleganz noch von seiner, wenn ich das so formulieren darf: Männlichkeit. Er genoss lediglich die Freude eines Vaters, seinen Sohn zu sehen, und fühlte sich dadurch nur umso erfüllter. Es ist zwar altmodisch, das zu sagen, aber Kinder zu haben ist eben auch eine Frage der Reife.

Außerdem gehörte er nicht zu der Art von Männern, die permanent behaupten, sie seien überlastet, er spielte nicht den Überbuchten, was eine Lieblingsrolle so mancher meiner Zeitgenossen ist. Nein, trotz der zwei Funktionen, die er innehatte, die Mediathek und die Zeitung, verlor er weder sein scheinbares Phlegma noch seine Verfügbarkeit, obwohl er einerseits seine Artikel rechtzeitig abgeben und andererseits ein Team von fünfzehn Leute dirigieren musste, was ab und an zu einem erheblichen Anstieg von Stress führte. Ich habe nie miterlebt, dass er vor irgendjemandem mit dieser Belastung renommiert hätte, die er sich ja auch ans Revers hätte heften können, und ich habe auch nie erlebt, dass er irgendjemand in die Pfanne gehauen hätte, vor allem nicht mich, die öfter mal rumheulte, weil sie nicht wusste, wo und wie ihre Prioritäten setzen. Wenn ich so darüber nachdenke, dann machte er mit seinem Leben, worauf er Lust hatte, und seinen Sohn von der Schule abzuholen, machte ihm ganz sicher mehr Spaß als andauernd irgendwelche Teamsitzungen mit den anderen Abteilungsleitern abzuhalten, offenbar zog er daraus das innere Gleichgewicht, das ihn aufrechterhielt, das ihn so schlafwandlerisch machte und so ungeheuer verführerisch.

Ich kann mich nicht daran erinnern, dass uns mein Vater jemals von der Schule abgeholt hätte, meinen Bruder und mich. Hätte ich jetzt nicht diese Zeilen geschrieben, hätte ich mir die Frage auch nie gestellt. Nein, meine Mutter hatte aufgehört zu arbeiten, um uns großzuziehen, so war das Usus in den siebziger Jahren, und sie war es, die zusammen mit anderen Frauen den Schulweg organisierte, uns bis zum Ende der Grundschule begleitete und uns die beiden Durchgangsstraßen überqueren ließ, die die Wohnung vom Schulzentrum trennten, das sich in einem anderen Teil der Sozialbausiedlung befand. Alle Nachbarinnen machten mit. Kein einziger Nachbar. Obwohl mein Vater in einer Kolonne bei der Post arbeitete und jeden zweiten Nachmittag frei hatte. Mysterium.

Sicher ist jedenfalls, dass die Schule, der Stundenplan, der Schulschluss, die Schulferien, die tägliche und saisonale Zeitplanung, die Basis ist, die unser Leben organisiert, und wir haben da keine Ausnahme von der Regel gebildet.
Wenn nichts geschehen wäre, hätte ich mich vielleicht nicht an diese Abmachung zwischen Claude und mir erinnert, uns die Wochentage aufzuteilen. Ich hätte mich also nicht daran erinnert, wie ich montags und freitags in meinem Auto auf dem

Rückweg von dem Vorort, wo ich arbeitete, die Ringautobahn entlangraste, und dass ich häufig als Letzte vor dem Schultor ankam, mit klopfendem Herzen und einem Knoten im Magen, nachdem ich mehrere Ampeln bei Kirschgrün überfahren hatte, die Geschwindigkeitsbegrenzungen überschritten und auf den Vordermann aufgefahren war, als könne meine Hast ihn schneller werden lassen.

Wenn nichts geschehen wäre, dann hätte ich mir keine Gedanken gemacht über diese Manie, die wir alle bei der Arbeit haben, das Büro erst in letzter Sekunde zu verlassen und es dem Zufall zu überlassen, Wunder zu wirken, unsere vollgestopften Stunden angespannt und mit Herzrasen und dem permanenten Blick auf die Uhr zu verbringen. Ich erinnere mich, wie ich im Auto Radio hörte und erschrak, wenn die Uhrzeit angesagt wurde, ich war gerade erst auf der Ausfahrt von der Ringautobahn, und die Lehrerin hatte ihre Klasse bereits freigegeben, ich steckte hinter einem Lieferwagen fest, und die Schüler hatten schon ihren Anorak angezogen, ich fuhr im Schritttempo, und sie hatten schon den Schulhof überquert. Und dann stand eine lange Schlange vor mir an der Ampel, und mein Sohn hielt vor der Schule schon nach mir Ausschau. Ich erinnere mich daran, es war immer gerade kurz vor knapp. Uff.

13.

Wenn mein Bruder sein Motorrad nicht in der Garage
des neuen Hauses abgestellt hätte

Es hört sich an wie ein Kinderspiel. Oder wie ein
Satz, den man in der Grundschule zu bauen lernt:
Mein Bruder parkt sein Motorrad in der Garage.
Subjekt, Prädikat, Objekt. Die Frage des Ortes, den
ein jeder für sich einnimmt, hat mich nie losgelas-
sen. Wer macht was in diesen intimen Örtlichkei-
ten, den Wohnungen oder Häusern, die wir bewohnen. Wer schläft in welchem Zimmer, wer macht
Mittagsschlaf auf dem Sofa, wer besetzt andauernd
das Badezimmer. Wie man sich in einem Korridor
oder einem Treppenhaus bewegt, wie man sich aus
dem Weg geht, wie man sich stört und belauert.
Wie wir unser Leben an Zusatzorten organisieren,
auf Balkonen, Terrassen, in Gartenhütten oder Ga-
ragen.

Es war das erste Mal, dass wir zu Hause über eine
Garage verfügten. Und das war ein Privileg, das

uns durchaus bewusst war. Bislang mietete Claude für seine Suzuki einen gemeinschaftlichen Garagenstellplatz, 300 Meter von der Wohnung entfernt, genau gegenüber der Grundschule. Wer mit einem Motorradfahrer lebt, weiß, wie wichtig ihm eine Garage ist, um nicht zu sagen, wie besessen er davon ist. Seit jeher schon, aber besonders, nachdem ihm mehrere Motorräder gestohlen worden waren, gehörte die Frage nach einer Garage zu seinem Alltag: Was kostete sie, wie weit weg war sie, wo war die Warteliste, auf der man sich eintragen musste, um schließlich einen Platz zu bekommen. Darüber hinaus ist die Garage der Ort, wo der Motorradfahrer herumbastelt und seinen Zwölfer-Schlüssel, Motoröl, Schmiermittel und das Fensterleder für die Chrompolitur unterbringt. In unseren Gesprächen kam dieser unverzichtbare Ort immer wieder vor, meistens so: *Ich gehe in die Garage rumbasteln*. Die Garage war die notwendige Verlängerung der Wohnung, ein privates Sanktuarium, in dem ich nichts verloren hatte, zu nackt, zu rau, zu feucht, mit einem Wort: feindliches Umfeld. Ein Ort, dessen Regeln ich nicht beherrschte, wo ich nicht wusste, wo mich hinstellen, ohne Gefahr zu laufen, mich schmutzig zu machen, in eine Öllache zu treten oder einen Kanister umzustoßen. Und außerdem stank es.

Nach der Schule bastelte Claude häufig in der Garage, und unser Sohn bekam mit, wie man die Birne in einem Scheinwerfer wechselte oder den Bremszug nachspannte. Das war die Zeit vor den Scheibenbremsen, ich weiß. Die Garage war der Ort, wo Vater und Sohn ohne Worte kommunizierten, in einer Sprache aus technischen Gesten und der Geduld, die nötig ist, um mit einer Taschenlampe den Bereich, der repariert werden muss, auszuleuchten. Das war ihr geheimes Privatuniversum, das Feld, auf dem sie sich schweigend verstanden, ihr Leben ohne mich.

Die Garage war der Ort, wo es ständig kalt war, ich weiß noch, wie wir uns immer in einer versteckten, Claude und ich, um den Blicken der anderen zu entgehen, als wir achtzehn waren, dort in der Banlieue, in der wir lebten. Claude hatte da bereits ein Motorrad, das hatte mich auch an ihm gereizt, glaube ich, ich sah ihn immer nur mit dem Integralhelm in der Hand, und mit diesem Paar riesiger Lederhandschuhe, mit denen er nichts anfangen konnte, sobald er von seiner Kiste abgestiegen war.

Wenn Claude und sein Sohn von der Garage nach Hause kamen, hatten sie meistens eiskalte Hände und rote Wangen. Und Ölflecke auf den Hosenbeinen. Und ein Glitzern in den Augen, das ich liebte.

Ich schiebe den Moment vor mir her, in dem ich über das Motorrad meines Bruders werde reden müssen. Das er in der Garage unseres neuen Hauses abgestellt hat. Dieses Motorrad, auf das ich einen genauen Blick werde werfen müssen. Denn es war nicht irgendein Motorrad.

14

Warum Tadao Baba, der japanische Ingenieur,
der die Geschicke der Firma Honda revolutioniert hat,
ein Attentat auf mein Leben begeht

Wie hätte ich mir vorstellen sollen, dass es gerade Japan sein würde, ein Land, in das ich nie einen Fuß gesetzt habe und das fast zehntausend Kilometer von meinem Lebensmittelpunkt entfernt liegt, das über meine weitere Existenz entscheiden oder besser gesagt sie zerstören würde, und zwar mittels eines Herstellers, der zu den prestigeträchtigsten der Welt gehört, und durch die Person des Ingenieurs, der verantwortlich zeichnete für die Konstruktion der legendären Honda 900 CBR Fireblade (Feuerklinge): Tadao Baba.

Es ist ein Land, das zahlreiche meiner französischen Freunde verehren. Manche von ihnen leben sogar im japanischen Stil und sitzen nur an niedrigen Tischen, benutzen lieber Stäbchen als Messer und Gabel, und lassen sich manchmal auf die Lehren des Shintoismus ein oder auf japanische Ehefrauen, die zugegebenermaßen eine verwirrende Raffinesse besitzen.

Es ist ein Land, dessen Literatur ich teilweise gelesen habe, dessen jüngere Geschichte ich kenne, und daher kann ich auch verstehen, warum Philippe Forest in *Sarinagara* (was auf Japanisch »jedoch« bedeutet) ein mächtiges Widerspiel in Szene setzt zwischen der intimen Trauer, über die er schreibt, und der kollektiven Trauer einer Nation, von der ein Teil durch die Atombombe ausgelöscht wurde.

Es ist ein Land, das einem Respekt abverlangt, dessen Ehrenkodex eine Lektion für die ganze Welt ist, allerdings auch etwas, wovor man sich gruseln kann, ein Land, dessen technologische Revolution uns sprachlos gemacht hat. Die Musikbegeisterten und die Motorradfahrer können ein Lied davon singen, jene, die Honda, Yamaha, Kawasaki, Suzuki, Sony, Casio und Hitachi gekauft haben und diese Marken bewundern, die ihnen Klang, Geschwindigkeit, Präzision und den großen Nervenkitzel geschenkt haben. Jedermann weiß, wie sehr der Synthesizer Yamaha DX7 die Popmusik der achtziger Jahre revolutioniert hat. *All around the world.* Claude war natürlich keine Ausnahme von der Regel gewesen, als er sich sein erstes Keyboard kaufte. Sequential Circuit, die ich auf den ersten

Seiten dieses Buches erwähnt habe, war eine US-amerikanische Firma, die dann von Yamaha aufgekauft wurde.

Tadao Baba, den japanischen Ingenieur, der die Entwicklung dieses beeindruckenden Motorrads leitete, hätte ich gerne einmal kennengelernt. Ich habe mit allen Mitteln versucht, an ein Bild seines Gesichts zu kommen, und habe ein Porträt entdeckt, das ihn lächelnd und charmant zeigt, eine Zigarette der Hand und mit etwas gelblichen Zähnen. Gut konservierter Sechziger. Ich habe sogar T-Shirts mit seinem Konterfei entdeckt, gutaussehend, salz-und pfefferfarbene Tolle (Foto von Roland Brown), mit einer Unterschrift in Großbuchstaben: BABA, 50 % Baumwolle, 50 % Polyestermischung. Sonderangebot zu 14,91 Euro auf der Website Pixel Shopping. Beim Durchgehen dieser Seite habe ich das gleiche Foto von Tadao Baba, *Honda Fireblade Designer*, auch noch auf einer ganzen Reihe von Merchandising-Produkten gefunden, Kaffeepötte, Badetücher, Tote Bags, Spiralblocks, Duschvorhänge, Bettbezüge, Yogamatten, iPhone-Hüllen und Ansichtskarten. Woraus ich entnehme, dass Baba ein Star ist. Ich bin sprachlos. Duschvorhänge mit seinem Gesicht drauf, alles was recht ist.

Honda hatte ihn beauftragt, die 900 CBR Fireblade für den Motorsport zu entwickeln. Die Idee war gewesen, eine Reihen-Vierzylinder-Maschine zu bauen, die der legendären Honda RVF 750 bei Langstreckenrennen nachfolgen und an den acht Stunden von Suzuka teilnehmen könnte, dem legendären Rennen in der Nähe von Kyoto. Ich musste nachschauen, was »Reihen-Vierzylinder« bedeutet, auch wenn ich schon davon ausging, dass es sich um in einer Reihe liegende Zylinder handeln müsse (doch, doch), was ich hiermit auch bestätigen kann. Bei der Gelegenheit kam mir wieder die Geschichte mit den *verstopften Vergasern* in den Sinn, der Titel des letzten Buches, das Claude las, und ich fand bestätigt, dass genau diese Honda 900 auch mit einem Vergaser bestückt war und nicht etwa eine elektronische Einspritzung hatte, wie das heutzutage bei quasi jedem Motor der Fall ist.

Tut mir leid, dass ich so in die Details gehe. Man hat Tadao Baba beauftragt, »ein Motorrad zu entwickeln, dessen Bremsfähigkeiten und Handling noch nie so dagewesen sind, eine Konstruktion, die in ihren Reaktionen ebenso intuitiv ist wie eine Rennmaschine, zugleich aber alle Anforderungen erfüllt, die an eine Großserie gestellt werden.« Ich übernehme absichtlich die Worte, wie sie in der Markengeschichte der Firma Honda benutzt und von den höchsten Stellen der Kommunikationsabteilung abgesegnet wurden, damit Sie sich selbst ein Bild von der Subtilität und Eleganz der Sprache machen können. Und das heißt, ein wenig trivialer ausgedrückt, eine Rennmaschine zu bauen, die aussieht wie ein Straßenmotorrad. Das nennt man Augenwischerei. Das nennt man geniales Marketing, so wie man es benutzen muss, wenn man im globalen Wettbewerb ganz oben bleiben will.

Es heißt, Tadao Baba sei kein x-beliebiger Ingenieur gewesen. 1962 achtzehnjährig bei Honda eingetreten (damals existierte die Marke erst zehn Jahre), ging er nicht den klassischen Berufsweg. Er lernte seinen Beruf von der Pike auf, was zweifellos die beste Schule ist, und hat zunächst die Zylinderköpfe und Kurbelwellen der kleinen Modelle CB 72 und CB 77 konstruiert. Bis er dann schließlich die innovativsten Techniken entwickelte. Es heißt, er habe seine Modelle selbst ausprobiert, sei ein »ungestümer Mann« gewesen und sei bei seinen Probefahrten auf den CBRs ab und zu gestürzt. Offenbar warfen die ihn ab wie ein Pferd seinen Reiter beim Rodeo. Er hatte sich wirklich eine Legende aufgebaut. Mir läuft es kalt den Rücken runter. Nur machte Tadao seine Probefahrten auf abgesperrten Pisten, die genau dazu dienten. Und nicht etwa, wie es am Dienstag, dem 22. Juni 1999 bei Claude der Fall war, auf einem sehr belebten Boulevard im Stadtzentrum.

Tadao Baba war auch ein Dichter. Auf eine so inspirierte wie subtile Weise. Luftig und rätselhaft, eben typisch japanisch. Er hatte auf die linke Innenseite der Verkleidung des Modells 900 CBR (und zwar exklusiv bei dem Jahrgang 1998, auf dem Claude fuhr) eingravieren lassen: *For the people who want to know the meaning of light weight.*
Was man übersetzen kann mit: »Für diejenigen, die wissen wollen, was Leichtigkeit bedeutet.«
Leichtigkeit in all ihren Bedeutungsformen.
So wie man sehr diskret Initialen auf die Innenseite eines Traurings eingravieren lässt.

15.

Warum die Honda 900 CBR Fireblade,
dieses Schmuckstück japanischer Ingenieurskunst,
die Claude an jenem 22. Juni 1999 fuhr,
nur für den Export nach Europa bestimmt
und in Japan nicht zugelassen war

Es ist wie es ist: Da ich genau hingesehen habe, da ich gezwungen war, auch das zu suchen, was für das bloße Auge nicht sichtbar ist, habe ich zwangsläufig ein paar Entdeckungen gemacht, darunter auch Entdeckungen, die schwer zu ertragen sind. Aber das ist das Los von jemandem, der sucht, er stolpert irgendwann über etwas, wenn man das so sagen kann. Und in diesem Falle war der dickste Stolperstein ein Abkommen zwischen Japan und der Europäischen Union, das Frankreich und noch ein paar Staaten gestattete, die Honda 900 CBR Fireblade sofort nach ihrer Fertigstellung 1991 zu vertreiben. Damals wurde sie auf der Motorradausstellung von Paris vorgestellt und war einer der Stars dieses Jahres, obwohl sie in Japan weiterhin

verboten blieb, weil als zu gefährlich eingestuft. Für
den Straßenverkehr nicht zugelassen, ausschließ-
lich für den Wettbewerb. Ein vierminütiger Film,
der live auf der Messe gedreht wurde, stellt diesen
neuen Supersportler vor, dessen Leistung mit den
1000ern dieser Kategorie vergleichbar ist. Bevor
die Modifizierungen, die seither andauernd statt-
finden, das Leistungsgewicht noch einmal erheblich senken (130 PS zu 180 Kg, für die Kenner), was
dem Modell für den Jahrgang, der uns hier inter-
essiert, nämlich die Version 1998 oder vierte Generation, erlaubte, eine Höchstgeschwindigkeit von
270 km/h zu erreichen. Mit anderen Worten: Tadao
Baba wurde von seinem Arbeitgeber ermutigt,
einen vorher nie dagewesenen Wettbewerb um die
höchste Leistung zu beginnen.

Dass dieses Motorrad in Japan keine Zulassung
bekam, weil es als zu gefährlich angesehen wurde,
darüber komme ich nicht hinweg. Das ist der Tropfen, der das Fass zum Überlaufen bringt.
Ich weiß das seit der auf den Unfall folgenden Woche, seit dem Tag des Begräbnisses, an dem Claudes
Schwager, ein erfahrener Motorradfahrer und gro-
ßer Spezialist in Sachen Motorradführerschein,
der seine Kindheit in der Sozialbausiedlung von
Rillieux mit ihm verbracht hatte, bevor er seine

Schwester Nicole heiratete, voller herzlichem Mitgefühl dabei gewesen war, und an dem er mir dann diese unerwartete Neuigkeit mitteilte. Sie wurde mir später von mehreren Freunden bestätigt, die sich im Zweiradmilieu auskannten und zu verstehen gaben, dass das in ihren Kreisen wohlbekannt war. Von Unfällen mit einer 900 CBR hatte jeder schon gehört. Das war ein Motorrad, das sie *unbeherrschbar* nannten, für die Rennstrecke gebaut und den Wettbewerb.

Paul erklärte mir, dass es für bestimmte Modelle in Japan ein Veto gab, zum Beispiel für die 750er Kawasaki Ninja, auf die sich die heißblütigen französischen, italienischen oder spanischen jungen Männer geradezu stürzten, und die sie spaßeshalber die Todesmaschine nannten oder den Fliegenden Sarg. Mit der Honda 900 CBR verhielt es sich genauso, eine Maschine für Könner, eine Bombe für einen Kamikaze. Verboten bei den Japanern, die angesichts ihrer meist schmalen und kurvigen Straßen keine Lust auf einen Abflug in die Botanik hatten. Ihre Industrie unterschied die Produktion für den Heimatmarkt vom Export. Wie alle Industrien, allerdings nach merkwürdigen Kriterien. Paul erzählte mir auch, dass die französischen Motorradfahrer sich über die Japaner lustig machten: *Wir fahren bessere Bikes als die, dabei sind sie es, die sie gebaut haben!*

Als wäre das ein Privileg, als wäre diese Freiheit ein weiterer Beweis für die Überlegenheit der Franzosen über den Rest der Welt. Die bauen sie, aber wir bringen uns damit um. Ein bisschen wie mit den Waffen, die die französische Industrie über die Weltmeere schickt. Bloß kann man bei einer Waffe darauf kommen, dass sie zum Töten gedacht ist.

Mehrere Freunde empfahlen mir, einen Prozess anzustrengen. Aber wie auch immer er ausgegangen wäre, hätte nichts geändert, und ich hatte nicht vor, den Rest meines Lebens mit dem Versuch zu verbringen, nachzuweisen, dass ein Mann wegen eines übermotorisierten Motorrads gestorben ist. Ich hätte damit genau solche Schwierigkeiten gehabt wie die, die wegen eingeatmetem Asbest oder verschlucktem Glyphosat leiden oder während ihrer Militärdienstzeit in der algerischen Sahara verstrahlt worden sind. Ich hätte Beweise über Beweise anhäufen müssen, Expertisen erstellen lassen, und wäre aus dem Ganzen nie wieder aufgetaucht. Und davon abgesehen: Wie soll man beweisen, dass etwas, das vom französischen Staat homologiert wurde, in Wirklichkeit eine mörderische Falle ist? Wer homologiert ein für den Wettbewerb konstruiertes Motorrad in Frankreich, Spanien oder Italien für die Straße? Und was soll homologiert überhaupt heißen? Auch da habe ich entdeckt, dass der Gradmesser für Gefahr, also das Leistungsgewicht, kein Kriterium ist. Was die DREAL (Regionalbehörde für Umwelt, Flächennutzung und Wohnungsbau), die verantwortlich für die Zulassung ist, berücksichtigt: die Blinker, die Bremslichter, die Rückspiegel, das Nummernschild, die Abgaswerte, die Lautstärke. Kein Wort über Gefahren, wo doch in unseren Tagen die Sicherheitstechnik enorme Fortschritte gemacht hat mit Traktionskontrolle, Wheelie-Control, dem Bremssystem ABS, dem Regenmodus... was doch alles die Unfälle verringern helfen soll.

Claude hätte laut der Straßenverkehrsordnung sein Fahrzeug beherrschen müssen. Und genau da liegt das Problem, später mehr dazu. Denn man hat keine Ursache für den Unfall gefunden, das sagt der Polizeibericht. Auch wenn es obszön wirkt, dass das, was für die Japaner als gefährlich gilt, es nicht für die Franzosen ist. Auf der Basis welches Exportabkommens, welcher Handelsbilanz, welches Austauschs, welcher Globalisierung, welcher wirtschaftlichen Kriterien?

Ich habe viel Zeit mit Nachforschungen rund um diesen Skandal verbracht und um die Spuren, die von dieser Anomalie noch sichtbar sind. Mit Spuren meine ich die im Internet (aber damals gabs noch kein Internet, also wenig Worte), persönliche Erfahrungen, Blogs, Diskussionsforen und auch solche aus Zeitschriften. Ich wollte Gewissheit: War es Claude oder war es das Motorrad? Lag es am Schicksal, das ich bereits einmal erwähnt habe? Lag es an der Unreife dessen, der ausborgt, dessen, der nimmt? Lag es an einem Ölfleck auf der Fahrbahn, einem Wespenstich, der Sonne in den Augen, einer Katze, die die Straße überquerte? Lag es an der Freude und dem Enthusiasmus, die einen zu heftig am Gasgriff drehen lassen? Lag es an der Angst vor dem Umzug? Sie wissen doch, wie wichtig es ist, jemandem die Schuld zuzuschieben. Auch wenn man es selbst ist.

Ich bin an den Ort des Geschehens zurückgekehrt, ich habe alles ins Kalkül gezogen, die Ost-West-Richtung der Fahrt, den Pollen, der zu dieser Jahreszeit zwischen den Platanen umherweht, die beiden Fußgängerüberwege, die Bushaltestelle, die Platzierung der Mülltonnen, die Parkplätze, die Kreuzung mit der Rue Jacquier, die Portale der Bürgerhäuser entlang des Boulevards, die Namen auf den Briefkästen – nur um irgendeinen Hinweis zu finden.

Ach ja: Und das Motorrad gibt es nicht mehr, diese lügnerische Honda ist schließlich im Jahr 2004 vom Markt genommen worden. Auf dem aktuellen Portal der Firma Honda, einem Wunder von elegant designter Website, ist zu lesen, dass sie der 1000 CBR Fireblade Platz gemacht hat, die nun unter der Rubrik *Supersport* eingeordnet ist und nicht mehr bei *Tourer und Sporttourer*, und damit ist die Diskussion beendet. Die Überschrift über diese Rubrik lautet *Absolute Leistung*. Damit gibt es nun keine Verwirrung, und eine unscharfe Vergangenheit gibt es auch nicht mehr.

Bleiben mir noch die Websites der Zeitschriften, wie *Auto Moto*, *Moto Journal* oder *Moto Mag*, auf denen Journalisten Testberichte und Kommentare veröffentlichen. Was ich da lese, ist vielsagend, beispielsweise, dass die Honda 900 CBR »es erlaubt, allerdings auf eigene Gefahr und unter schrecklichen Bedingungen, den Tacho auf runde 260 hochzubringen«. Ich versuche mich an diese Terminologie der Katastrophe zu gewöhnen, an diese Lyrik der Lebensgefahr, die denjenigen, der das Abenteuer versuchen will, offenbar auf das große Zähneklappern vorbereiten soll.
Ein Journalist setzt noch einen drauf: »Die Honda 600 CBR war schon bissig, aber es fehlten ihr die

entscheidenden Pferdestärken, um sie wirklich gefährlich zu machen. Mit dem Motor der 900er überschreiten wir diese Grenze.«

Und um diese interessante Offenbarung noch zu verstärken: »Der Vierzylinder-Reihenmotor der 900 CBR von 1991 wurde überarbeitet, um noch zusätzlich an Kraft und Aggressivität zu gewinnen. Mit dem Schub, den er jetzt auslöst, ist man schneller als gedacht beim *Wheelie*. Anfänger sollten also ihrer Wege gehen und sich ein passenderes Modell heraussuchen, wenn sie sich nicht selbst Angst machen wollen oder Schlimmeres.«

Sic.

Genau das ist Claude beim Anfahren an einer Ampel geschehen. Aufbäumen aufs Hinterrad, Kontrollverlust, und dann tatsächlich Schlimmeres und Schlimmstes. Genau das, was in einem Testbericht einer Motorradzeitschrift ganz ernsthaft angekündigt wurde.

Wheelie bedeutet auf dem Hinterrad fahren. Niemand (außer Motorradfahrern) benutzte diesen Ausdruck damals. Mittlerweile gehört er angesichts der neumodischen Rodeos in der Banlieue, die nichts anderes sind als *Wheelie*-Wettrennen bei hoher Geschwindigkeit, zum Alltag.

Ich kann es immer noch kaum nachvollziehen, dass mein Leben manchmal aus nichts anderem mehr bestand als der Zeit, die ich damit verbrachte, aus irgendwelchen Motorradportalen Informationen zu ziehen. Ich suchte nach irgendeiner kleinen Netzcommunity, die wie ich die Gefährlichkeit dieser Honda teuer bezahlt hätte. Ich wollte nicht das Opfer spielen, aber ich suchte nach einer Bestätigung meiner Ahnungen. Ich habe versucht, vorsichtige Fragen zu stellen, unter Pseudonym, ich wurde zu *Verstopfer, Vergaser.* Ich wartete auf Antworten, auf Auskünfte, ich befürchtete, unter dem Ansturm der Reaktionen begraben zu werden, aber niemand hat sich jemals gemeldet, was mir auch schon wieder merkwürdig vorkam. Als gäbe es eine stillschweigende Übereinkunft, Gras über die bösen Erinnerungen wachsen zu lassen. Als würde das Korrekte vom Undenkbaren getrennt werden. Aber wer sollte eine solche Trennung vornehmen? Es fiel mir schwer, es war nicht meine Welt, mich mit Motorradfahrern auszutauschen, von denen ich glaubte, sie hätten kein anderes Gesprächsthema als Pferdestärken und Geschwindigkeit, wie Claude manchmal gespöttelt hatte. Aber ich musste da durch, es war eines der wichtigsten Teile des Puzzles, das ich begann zusammenzusetzen.

Ich stelle mir das Motorrad vor, das in diesem Jahr 1998 aus der Honda-Werkshalle in Osaka kommt, den Transport im Lastwagen via Straße, Autobahn, Uferstraße über dem Hafen, dann die Einschiffung auf einen Frachter. Zollformalitäten. Elftägige Überfahrt, raue See, Mannschaft. Suezkanal. Mittelmeer. Atlantik. Ankunft im Hafen von Le Havre. Ausladen, Kräne, Hafenarbeiter, Möwen, Streik gerade noch abgewendet, Lagerung im Güterschuppen bis zur Einfuhrgenehmigung. Abstempeln der Lieferscheine, Zollabfertigung, Aufladen auf einen Transporter der Marke Renault Truck, LKW-Fahrer, dem das Spaß macht, Motorräder auszuliefern, er ist selbst Bikefahrer, ein Pole, wir sind in Europa. Homologation. Honda-Zwischenlager in der Pariser Banlieue. 1 Fahrzeug bestellt von meinem Bruder, Auslieferung im Herbst 1998 bei einem Händler in Lyon. Oktober, November, Dezember, Januar, Februar, März, April, Mai. In der Garage meines Bruders ist es weit weg, inexistent, ungefährlich. Und dann plötzlich steht es bei mir, bei uns, in der Garage des neuen Hauses, in das wir Samstag, den 26. Juni 1999 einziehen sollen. Unversehens durch unsere Tür gekommen, ein Einbruch.

Ich fasse zusammen.

Das Haus, die Schlüssel, die Garage, meine Mutter, mein Bruder, Japan, Tadao Baba, die Urlaubswoche, Hélène, meine Pressereise. Das fängt an, ein verdammtes Kuddelmuddel zu werden.

16.

Wenn ich meinem Bruder keinen Gefallen getan hätte

Man kann sich seine Gedanken machen über diesen so grundlegenden Begriff des »einen Gefallen tun«. Was mir gehört, gehört immer auch ein bisschen meinem Bruder. Seit unserer Kindheit. Ich gebe, ich nehme, ich gebe zurück. Einmal ich, einmal du. Wir sind Familie, wir schnauzen uns an, wir messen uns mit Blicken, wir werfen uns manchmal heimlich Beleidigungen an den Kopf, wegen der politischen Unterschiede, wegen dieser Unvereinbarkeit. Wenn dann noch die Liebe dazukommt, schlägt das verdammt hohe Wellen. Man geht an die Decke, man glaubt ja wohl seinen Ohren nicht, aber zum Geburtstag des kleinen Bruders stößt man miteinander an. Es gelingt einem, den Minimalkonsens zu wahren. Man sagt einander abfällige Sätze, man versteht sich einfach nicht, es geht hoch her, wenn einer von beiden seine Meinung verteidigt, man fährt einander in die Parade, und dennoch tut man sich zusammen für ein Geschenk an die Eltern. Man übergeht die Sturheiten, die Abstürze, man schließt die Augen angesichts der Lebensentscheidungen, man ist tolerant. Das ist das Schlüsselwort: Toleranz. Man toleriert, weil man Bruder und Schwester ist. Aber muss man eigentlich wirklich tolerieren? Ich halte mich nicht für schlauer. Ich belehre manchmal von oben herab als die große Schwester, die ich nun mal bin, und ärgere mich hinterher über den überheblichen Ton, der mir einfach so entschlüpft. Ich bekomme vorgeworfen, zur moralistischen Linken zu gehören, wenn ich die Migranten so großartig finde, warum lebe ich dann nicht mit ihnen. Mit der Zeit ist Moralist zu proislamischem Linken geworden. Solche Nadelstiche setzen wir, in dem Ton kommunizieren wir. Aber eben trotz allem Bruder und Schwester. Selbst wenn man sich den Bauch hält vor Lachen und sich die Nase zuhalten muss.

Mein Bruder lässt mich von den Preisnachlässen profitieren, die er in Geschäften aushandelt, wozu ich unfähig wäre. Ich habe ihm geraten, als er zwanzig war, sich nicht freiwillig für den Krieg im Libanon zu melden. Ein Ratschlag gegen Waren, die vom Laster gefallen sind. Er besorgt mir Autoteile, ich sitze mittwochs seine Tochter.

Er fährt Motorrad wie Claude, er liebt die Super-sportler – danke, das hatten wir jetzt verstanden –, während Claude ruhig auf einem harmlosen Tourer rollt, manchmal quatschen sie über Technik, Fahr-stil oder Ersatzteile. Sie haben da ein gemein-sames Feld, ein Gesprächsthema und ansonsten das geheime Einverständnis, das unter Schwagern herrscht. Ihre guten Tipps, was günstige Versiche-rungen betrifft.

Hätte ich Nein sagen können? Nein, du stellst dein Bike nicht in meiner Garage ab. Nein, ich habe kein gutes Gefühl dabei. Aber ich hatte keiner-lei Vorbehalt dagegen, keinerlei Bedenken, nichts hat mich daran gestört, wirklich gar nichts. Im Gegenteil, es hat mich gefreut, ihm einen Gefal-len tun zu können, ich war ohnehin überglücklich, dass ich endlich dieses Haus hatte kaufen können, diesen unverhofften Schatz, den wir jetzt in den Sommermonaten und im ganzen nächsten Jahr umbauen würden. Es freute mich, dass ich mei-nem Bruder einen Gefallen tun konnte, der nicht die Mittel besaß, sich ein Haus leisten zu können. Wobei er durchaus 10.000 Euro für ein Motorrad hinblätterte. Vielleicht ein Komplex, die Schuld-gefühle derjenigen, die es sich leisten kann, obwohl ich mich gut erinnere, dass ich jedem, der es hören wollte, gesagt hatte, das Haus gehöre allen, ein Kommunismus neuer Art, der sogar den Privatbesitz umfasst.

Mein Bruder hat seine sehr sperrige Honda also am Freitagabend, dem 18. Juni, in unserer Garage abgestellt, oder besser gesagt, dem Raum im Erdgeschoß, aus dem unser zukünftiges Wohnzimmer werden sollte. Er hat eine massive Diebstahlsschutzkette am Vorderrad befestigt und das andere Ende an einem Stützpfosten (der Raum war ursprünglich ein Stall gewesen, in den Wänden sah man noch die Spuren der Futtertröge, darüber hatte ein Heuboden gelegen, dessen Gewicht die Balken mit der Zeit durchbog, so dass Stützpfeiler gesetzt werden mussten, das erklärte mir ein paar Jahre später ein Maurer, den ich gefragt hatte, ob man diese Pfosten mitten im zukünftigen Wohnzimmer nicht entfernen könne) und dazu erklärt, dass man ihm diese Maschine nicht klauen werde. Dann streichelte er ihren Sattel, als wäre es die Kruppe eines Pferds, mit einer Zärtlichkeit, die er gegenüber seinen Motorrädern zu zeigen in der Lage war, und entfernte sich schließlich, als müsse er sich losreißen. Seine Frau brachte ihn im Auto nach Hause. Dann fuhr er seelenruhig in Urlaub, mit Frau und Tochter, aber ohne unseren Sohn. Wir hatten ausgemacht, dass er bei seiner Rückkehr in einer Woche das Motorrad wieder abholen würde.

Claude sagte zu unserem Freund Marc, mit dem wir am Sonntag ein paar Stunden unter dem Kirschbaum verbrachten, um die neuen Gartenmöbel zu testen, die wir gerade auf dem Flohmarkt gekauft hatten, Claude sagte also, auf das Motorrad deutend, dessen massive Präsenz die Atmosphäre im Erdgeschoß des Hauses durcheinanderbrachte: *Das ist echt verboten, eine scharfe Bombe, da darf man nicht drangehen.*

Marc hat mir das hinterher erzählt.

17.

Wenn Claude nicht das Motorrad
meines Bruders benutzt hätte

Marc hat mir das hinterher erzählt, weil er nicht verstand, was passiert war, dass Claude seine Meinung änderte.

Was hat ihn dazu gebracht, am Morgen des Dienstags, 22. Juni, mit dem Motorrad meines Bruders zur Arbeit zu fahren und nicht mit seinem eigenen, seiner harmlosen Suzuki, mit der er immer, wie er es ausdrückte, *wie ein Opa* fuhr, und die in der Garage gegenüber der Grundschule geparkt war. Was ist da geschehen?

Jedenfalls hat er bestimmt lange gezögert, denn um die Honda 900 CBR pilotieren zu dürfen, musste man eine namentliche Versicherung abschließen. Hat zumindest mein Bruder einmal gesagt, glaube ich. Denn keine Versicherungsgesellschaft wollte das Risiko eingehen, dieses besondere Motorrad, dieses übermotorisierte Sportgerät zu versichern.

Ich glaube, er wollte uns damit beeindrucken, dass er unterstrich, ein Motorrad zu fahren, für das andere Regeln galten. Es war ein Distinktionsgewinn, den mein Bruder ganz offensichtlich nötig hatte. Oder aber es war seine Art, uns deutlich zu machen, dass er in Gefahr schwebte, und dass wir uns hätten Sorgen um ihn machen sollen.

Mein Bruder musste irrsinnige Versicherungskosten bezahlen. Ich erinnere mich nicht mehr an den Namen der Gesellschaft, die ich in der Woche nach dem Unfall anrief, um festzustellen, ob Claude das Notwendige getan hatte. Was einiges geändert hätte, natürlich nur rein finanziell gesehen. La Mondiale, jetzt fällt es mir wieder ein. Der Mitarbeiter von La Mondiale antwortete mir, nein, niemand mit dem Namen Claude S. habe an dem Tag eine irgendwie geartete Versicherung abgeschlossen. Das verwirrte mich vollkommen, denn es war so gar nicht seine Art.

dass er dieses Motorrad benutzt hat, von dem er noch zwei Tage vorher gesagt hatte, es sei eine Bombe, von der man besser die Finger ließe, ist mir immer ein Rätsel geblieben, das sich schwer aufhellen lässt. Dass er sich nicht versichert hat, macht mich fassungslos. Irgendetwas passt da nicht zusammen. Im Laufe der Zeit habe ich mich gefragt, ob der Versicherungsmensch mich nicht angelogen hatte, welchen Beweis hatte ich schließlich, aber es hatte sich nur um ein Telefonat gehandelt, und damals gab es auf den Festnetztelefonen keine Anrufliste. Ich hätte bei France Telecom die gesamte Aufstellung aller Telefonate anfordern müssen, aber ich war viel zu sehr vor den Kopf geschlagen, um an dergleichen zu denken. Ich habe dem Versicherungsmenschen aufs Wort geglaubt. Der Gedanke, irgendetwas anzuzweifeln, kam mir gar nicht. Ich habe ganz einfach nicht daran gedacht.

La Mondiale – die Weltweite, ein passender Name für ein Unternehmen, das diese Motorräder versichert, die all das repräsentieren, was die Globalisierung an Widerwärtigem hat.

Ich habe tausendmal versucht, den letzten Tag Claudes zu rekonstruieren.

Aufgewacht um sieben Uhr, danach unseren Sohn geweckt. Schweigsames Frühstück mit ungekämmten Haaren. Radio läuft im Hintergrund. Claude verschüttet Kaffee, wie meistens. Unser Sohn quasselt auf Endlosschleife: Kommt Mama heute Abend zurück? Nimmt sie den Zug? Ist sie zum Essen da? (Jedenfalls denke ich mir, dass er diese Art Fragen stellte; wie mir Claude einmal erzählt hatte: Wenn du weg bist, redet er nur von dir; andersrum war es übrigens genauso, mit mir redete er dauernd über seinen Vater und wollte alles wissen). Geh'n wir in das neue Haus? Nehmen wir dann noch mehr Spielsachen mit? Kann ich es Louis schon zeigen? Deswegen ist es auch vorteilhaft, zwei Eltern zu haben, so wird jeder zum Zeugen der Liebe, die das Kind für den andern empfindet. Und welch ein Glück, dieser Zeuge und dieser Vertraute zu sein.

Lange Dusche für Claude, mit sehr heißem Wasser, er hat immer von diesem Riesenduschkopf geträumt, dessen Wasserstrahl ihn wie ein Vorhang umfließt, und hatte vor, ihn auch im neuen Haus einzubauen. Kurze Dusche für unseren Sohn, der versuchte, zwischen den Tropfen durchzukommen. Dann die Anzieh-Prozedur, vermutlich zieht er dieselben Kleider an wie gestern, dieselben Shorts, dasselbe T-Shirt, vielleicht aber auch nicht. Schnell noch die Schuhe zubinden, aber wahrscheinlicher nimmt er die Sandalen mit Klettverschluss. Die Kleidung, die Claude getragen hat, wird mir das Krankenhaus in einem Müllsack zurückgeben, in der darauffolgenden Nacht habe ich mich nicht getraut, sie zu öffnen. Das Hemd mit zwei ausgerissenen Knopflöchern, die Lederjacke einmal der Länge nach durchgeschnitten.

Den Hang schnell hinuntergelaufen, weil sie wie jeden Tag zu spät dran sind. Claude brachte seinen Sohn jeden Morgen zur Schule, das war praktisch, die Garage lag gegenüber, aber ich wiederhole mich. Ja, ich wiederhole mich, aber es sind ja auch nur zwanzig Jahre, dass die Szene immer wieder vor meinen Augen abläuft. Dann traben sie auf dem linken Bürgersteig entlang, der leichte Ranzen (das Schuljahr geht zu Ende) hüpft auf dem Rücken. Der Sohn voraus (ich habe sie manchmal vom Badezimmerfenster aus beobachtet, wie sie aus dem Haus kamen, während ich mich, ein wenig später als sie, fertig machte). Ich glaube, das war der perfekte Moment, ich hinter dem Fenster, wie ich sie mit zärtlichem Blick beschirmte – das Wort ist nicht zu stark, ich war mir dieser Schönheit ganz bewusst, des Glücks, das ich spürte. Den schnellen Kuss vor dem Schultor konnte ich nicht sehen, oder die Hand, die über den Schopf strich, oder alles beides. Ich weiß nicht, wie sie sich an diesem Morgen voneinander verabschiedet haben.

Und danach?

Die einfache und logische und normale und vorzuziehende Option: die Straße vor der Schule überqueren, einige Treppenstufen hinabsteigen, einen kleinen Hof überqueren, dreißig Meter zurücklegen, das Alu-Schwingtor der Sammelgarage hochziehen. Seinen Weg zwischen den geparkten Autos und Anhängern finden und seine Suzuki 650 Savage rausbugsieren, was einiges Können erforderte. Handschuhe anziehen, dann den Helm. Garagentor wieder schließen. Einige Schritte durch den Hof mit dem Helm auf dem Kopf. (Ist Ihnen einmal aufgefallen, wie tapsig Motorradfahrer wirken, wenn sie mit ihrer ganzen Ausrüstung kurzfristig zu Fußgängern werden? Mit diesem riesigen Helm und dem Aussehen eines Aliens.) Mit zwei drei Kicks den Motor anlassen (ich weiß nicht mehr, ob die Savage einen elektrischen Starter hatte, ist aber auch egal, ich sehe im Geiste lieber diese Geste vor mir, wie das ganze Körpergewicht auf dem Pedal lastet, damit der Zündfunke überspringt, ich liebe es, mir die Silhouette Claudes in ihrer Vertrautheit, ihrer Einzigartigkeit vor Augen zu führen, ich hätte ihn unter Tausenden wiedererkannt in dieser Mischung aus Virtuosität und Verschmelzung mit der Maschine, der Könnerschaft dessen, der seinen Einzylinder mit zwei Gesten startet) und dann zur Arbeit fahren. Was heißt, etwa viereinhalb Kilometer durchs Stadtzentrum zu fahren, die Rhône auf dem Pont de la Boucle überqueren, in den Boulevard des Belges einbiegen, dann in die

Rue Garibaldi, und dann gegenüber vom Bahnhof Part-Dieu auf den Boulevard Vivier-Merle treffen. Und schließlich kurz vor neun vor der Mediathek ankommen.

In welchem Moment ist es Claude bewusst geworden, dass alle Elemente versammelt waren, um von diesem Drehbuch abzuweichen? Anders gesagt, die 600 Meter bis zum neuen Haus zurückzulegen und stattdessen das an den Pfosten gekettete Motorrad meines Bruders zu nehmen? Hatte er das vorgehabt? Seit dem Vorabend, seit der Nacht, in der hallenden Stille des Anrufs, den ich nicht gemacht hatte? Oder ist ihm klar geworden, dass sozusagen alle Ampeln auf Grün standen an diesem Morgen des 22. Juni; er hat seinen Sohn in der Schule abgeliefert und steht jetzt im Licht dieser ersten Sommertage, in der Wärme, dem Duft der blühenden Linden, und der Himmel ist von einem tiefen Blau, das die Lebensfreude und die Energie vervielfacht.
Hatte er in dem Moment, als er das Alutor der Garage öffnete, einen Flash, hat er sich mit einem Mal frei gefühlt, weil allein, ganz frei und daher mit einem Schlag wieder ganz jung; frei und plötzlich wieder das Ungestüm seiner Jugend spürend, der über ihn kam wie ein Flash. Und zwar deswegen – dies ist eine Hypothese –, weil weder seine

Frau noch sein Sohn zu sehen waren; war es meine Abwesenheit, die mit hineinspielte, die geografische, aber auch die tiefergehende Abwesenheit der Frau, die in Paris die literarische Szene betrat, was er unter der Hand anfangen musste zu spüren, und das war etwas, das zwangsweise und wenn auch nur ganz minimal seine Wahrnehmung der Dinge veränderte.

Oder hatte er ganz einfach eine jungenhafte, archaische, wilde Lust, ein Monsterbike zu steuern, sich Empfindungen zu verschaffen, an die er sich erinnern würde, sich einen Adrenalinstoß zu versetzen, so etwas wie der Shoot, den einem manchmal der Rock ’n’ Roll verschafft, von dem er nie hatte lassen wollen?

Jetzt war der Moment, jetzt war jetzt, die Möglichkeit war in Griffweite, ein Motorrad auszuprobieren, so wie jeder Mann gerne ein hochmotorisiertes Auto ausprobiert, den Motor aufheulen, die Reifen quietschen lässt. War das nicht das Bild, das noch jeder Actionfilm gezeigt hatte, seit das Kino existiert, und das die Helden überlebensgroß werden ließ, wenn sie sich Verfolgungsjagden lieferten, die ebenso banal wie genussvoll waren – und zwar sowohl für den Fahrer als für die Zuschauer – und in denen eine der universellsten Geschichten fortgeschrieben wird, die der moderne Mensch dank der Geschwindigkeit kennt, eine Geschichte von Risiko und Männlichkeit (einmal mehr), und diese Geschichte beginnt mit der Erfindung des Explosionsmotors und des notorischen Vergasers, der meine gesamte innere Landschaft verpestet. *Verstopfter Vergaser.* Mörderischer Vergaser.

Der Wunsch, sich in einen Abenteurer zu verwandeln, ploppt an einem Dienstagmorgen um 8.30 Uhr auf und befiehlt Claude, eine Reihe von Grenzen zu überschreiten. Zugegeben, es geht nicht um *Mad Max*, es ist weniger spektakulär, eher so etwas wie *The Wild One* während der Schulstunden.
Claude, der Elegante, der Geschmackvolle, der Diskrete, der Bescheidene – dies war sein anderes Gesicht, seine Flipside. Auch für die liebte ich ihn.
Die innere Logik anderer Menschen bleibt ein Mysterium, was immer in ihrem Kopf vorgeht, lässt einen jahrelang nachdenken, reden und schreiben. Wie verändert man eine vernünftige, vorhersehbare Haltung, etwas, das man erwachsen nennen kann, in eine verrückt wirkende, Normen übertretende? Wie kann man in einem Augenblick ein Kleinbürger sein, der bei der Bank ein Immobiliendarlehen abschließt, und ein guter Familienvater, und im nächsten ein Punk, einer, der auf Ärger aus ist, der *die Sau rauslässt.*

Es ist zu heiß, geh da nicht hin.

Geh da nicht hinauf. Spürst du denn die Bedrohung gar nicht?

Claude ist die 650 Meter (ich habe auf Google Maps nachgemessen) bis zum neuen Haus gegangen (dem Haus der Merciers), Helm unterm Arm, in der Lederjacke. Der Anstieg ist steil. Er geht mit leicht eingedrehtem rechten Bein. Das war mir mit siebzehn aufgefallen, als er mich zum ersten Mal ohne sein Motorrad von der Schule abholte. Der Anstieg ist anstrengend. Man muss es schon wollen, wenn man eine so unangenehme Steigung wie die Montée du Belvédère in Angriff nimmt. Man muss sich dazu entschlossen haben. Er kommt voran, ein wenig mühsam. Womöglich bleibt er unterwegs sogar stehen und macht eine Verschnaufpause. Ich sehe das nicht vor mir. Ich sehe nur einen Nebel. Irgendetwas stimmt da nicht.

Er hat die Honda 900 CBR abgekettet, die in der Garage wartete, diesem düsteren und abweisenden Raum, in dem es noch kein großes Panoramafenster gab, das ich erst Jahre später einbauen ließ. Er hat sich auf das Motorrad gesetzt, hat zweifellos seine Schwierigkeiten gehabt, die 183 kg zu bewegen (sein dreifaches Gewicht), denn auch wenn Tadao

Baba alles dafür getan hatte, ein ultraleichtes Superbike zu konstruieren, musste man das Ding doch erstmal handhaben können.

Dann hat er sie angelassen. Elektrische Zündung, das habe ich nachgeprüft. Aber wo hatte er die Schlüssel her? (Ganz zu schweigen von den Papieren.)

Noch mal zum Mitschreiben: Wie ist er an die Schlüssel gekommen? Ich kann mich nicht erinnern, dass mein Bruder ... Es sei denn ...

Hätte ich ihn am Vorabend angerufen, von meinem Pariser Sofa aus, hätte ihn dann irgendetwas in meiner Stimme davon abgehalten, das Motorrad zu nehmen?

Es gibt nur falsche Fragen.

18.

Wenn Stephen King am Samstag,
dem 19. Juni 1999 gestorben wäre

Ich habe nach dem Ereignis gesucht, nach der
Nachricht, dem Sandkörnchen oder dem Skandal internationalen Ausmaßes, der Claude auf ein
anderes Gleis gebracht und verhindert hätte, dass
er die Honda nimmt. Was hätte geschehen müssen,
damit Claude gewarnt gewesen wäre, welche Ent-
deckung, welche Zeitungsüberschrift, damit er das
Odium der Gefahr spürt, das an diesem Tag in der
Luft lag.

Ich wollte alles herausfinden, was am Vortag des
22. Juni 1999 in der Welt passiert war, und am Tag
davor und an dem davor, und was dem Schicksal
Steine in den Weg gelegt hätte, etwas, das Claude
auf die Fragilität des Lebens aufmerksam gemacht
hätte, ihm Angst eingejagt, ihm einen richtigen
Schock versetzt hätte von der Art, dass man danach nur noch bei Grün über den Zebrastreifen

geht. Aber ich habe nur Informationen gefunden, die nicht gerade umwerfend waren, nur routinierten Alltagskram, wie er den Planeten an diesem Ausgang des 20. Jahrhunderts beschäftigte.

Was ich gefunden habe, waren nebensächliche Sportergebnisse, wie dass Australien im Cricket gegen Pakistan gewonnen hatte, uninteressante Wirtschaftsmeldungen von der Art Elf verliert die Übernahmeschlacht um den Mineralölkonzern Saga, Infos aus der internationalen Politik. Ich fand Nachrichten über die Inspektoren des Gesundheitsministeriums, die schon damals protestierten und eine bessere finanzielle Ausstattung der Kliniken forderten. Ich entdeckte, dass der Schriftsteller Mario Soldati verstorben war, das hatte ich vergessen, immerhin Mario Soldati, das hätte etwas auslösen können, aber er war 92-jährig eines natürlichen Todes gestorben, also nichts Skandalöses, nichts, wo es einem kalt den Rücken runterläuft. Ich habe gesehen, dass Jacques Chirac bei der letzten Umfrage des Instituts IFOP 58 % Zustimmung erhalten hatte und dass die G7, die sich in Köln getroffen hatten, beschlossen, die Schulden der ärmsten Länder zu reduzieren, und dass in Iran Journalisten verhaftet worden waren.

Ich war enttäuscht, ich wollte etwas finden, das die Welt hätte stillstehen lassen, sogar nach hinten, selbst nach all dieser Zeit, ich wollte der Geschichte eine Chance geben, sich anders zu entfalten; es musste doch in all diesen Ereignissen, in dieser ganzen Lawine mehr oder minder bedeutender Informationen, die eine geben, die Claude in seinem Elan gestoppt haben könnte. Beim Durchblättern einer zwanzig Jahre alten Nummer des *Nouvel Obs* stieß ich auf eine Seite, die vom vorzeitigen Tod Elie Kakous am 19. Juni 1999 berichtete. Elie Kakou, da klingelte irgendetwas, also wollte ich mehr über diesen Tod wissen, 39 Jahre, das war fast das gleiche Alter wie Claude, aber hier war es Aids, daran hatte ich mich nicht erinnert. Elie Kakou, jetzt kam es mir wieder, das war der berühmte Sketch um Madame Sarfati, den wir mit seiner Familie während der Ferien im Süden gesehen hatten und der alle zum Lachen brachte, weil er sagte, sie hätten »da unten« alles zurückgelassen, die Pieds-Noirs, zu denen auch Claude und seine Eltern gehörten, und sie wären »eine Hand vorne, eine Hand hinten« nach Frankreich gekommen, derselbe Ausdruck, den auch Claudes Mutter benutzte mit dem dortigen Akzent und der für sie typischen Selbstironie. Alles brachte mich nur auf Claude, auch wenn der Tod Elie Kakous nichts geholfen hatte. Ich unterbrach alles und sah mir stattdessen auf meinem Bildschirm Sketche von Elie Kakou an. Ich war an meinem Schreibtisch festgenagelt, in dem kleinen Hinterzimmer, das zu meinem Arbeitszimmer geworden war, und ich lächelte, als ich ihn die Szene mit dem Kibbuz spielen sah, ich doppelklickte und lachte, ach ja, der gute Elie Kakou, ihm musste es gegen Ende auch dreckig gegangen sein. Ich sprang von Video zu Video, das war leichter als zu schreiben, aber es half nichts, der Tod Elie Kakous hatte den Claudes nicht verhindern können. Wenigstens konnte ich lächeln, während ich an Claude dachte, ich verbrachte lange Zeit auf YouTube, ich war ziemlich weit abgetrieben, und mir wurde bewusst, wie sehr erfüllt von Liebe ich noch zwanzig Jahre später war.

Aber ich gab nicht auf, ich versuchte das Ereignis dingfest zu machen, unmöglich, dass keinerlei Aktualität, kein Skandal, keine Tragödie an jenem Tag Claude beeinflusst hatte, dass der Schmetterlingsflügel ihn nicht wenigstens gestreift hat. Die Nachricht über die Schließung von Tschernobyl änderte nichts, die Börsenrallye in Paris in jener Woche ebenso wenig, die Anklage gegen Claude Évin wegen fahrlässiger Tötung in der Affäre der verunreinigten Transfusionen ebenfalls nicht.

Ich fing an, wütend zu werden, ich wollte, dass die Tagesaktualität endlich ihren Überraschungscoup ausspuckte, der unter der Hand bis ins Bewusstsein Claudes vorgedrungen wäre und verhindert hätte, dass er zum Haus der Merciers hinaufgeht.

Ich war mir sicher, dass es diese Information irgendwo geben musste, ich zerbrach mir den Kopf, um mich zu erinnern. Nach der Verschnauf-pause mit Elie Kakou blätterte ich Terminkalen-der durch, wühlte mich durch Archive, die Aus-gaben von *Le Monde* von 1999 (in einigen von denen Artikel Claudes waren), die ich beim Umzug mit-genommen und in Reichweite in einem Karton auf-bewahrt hatte, denn ich hatte mir gesagt, dass ich dort vielleicht eines Tages so etwas wie eine Spur von Claudes letzten Tagen finden würde, so etwas wie eine Zeitstimmung, eine Atmosphäre, die mich mit ihm verbände, und die ich um nichts in der Welt vergessen wollte. Außerdem hatte ich einige Ausgaben von *Libération* behalten und den gesam-ten Jahrgang der *Inrockuptibles*, von *Rock & Folk* und vom *New Musical Express*, also all die Blätter, die sein täglich Brot dargestellt hatten.

An diesem Tag arbeitete ich wie meistens nicht, sondern blätterte durch die Zeitungen, sah mir Videos an, irrte umher und war wieder einmal kurz davor, mit alldem aufzuhören. Meine Suche kam mir sinnlos vor, wofür sollte sie schließlich und endlich denn gut sein?

Und dann entdeckte ich einen Artikel, der von dem Unfall berichtete, den Stephen King drei Tage vor dem von Claude erlitten hatte, also am Samstag, dem 19. Juni 1999 gegen 16.30 Uhr, während er dort auf dem Land in Maine, wo er lebte, seinen täglichen Spaziergang machte. Ich erinnerte mich, wie sehr uns das mitgenommen hatte, ich hatte es vollständig vergessen, Stephen King war von einem Kleinbus erfasst und in den Straßengraben geschleudert worden. Er war in einem üblen Zustand, bewusstlos, mit multiplen Knochenbrüchen, geborstenen Rippen und einer durchbohrten Lunge.

Claude war ein Leser Kings, vor allem aber ein wahnsinniger Fan von *Shining*, worauf er beim Kauf des Hauses, das auch ein wenig isoliert lag, angespielt hatte, und von der Musik dieses Films (komponiert von Wendy Carlos), die ihn so beeindruckt hatte, dass er sie zum Thema eines Seminars für seine Studenten gemacht hatte (ab und zu wurde er mal als Dozent eingeladen).

Als wir von Stephen Kings Unfall erfuhren, fragten wir uns, welche Titel wir von ihm in unserer Bibliothek hatten, aber die Bücher waren alle bereits eingepackt oder sogar schon an unsere neue Adresse transportiert.

Das war sie also, die Nachricht, die Claude davon hätte abhalten können, sich in Gefahr zu begeben, wäre sie nur etwas schlimmer gewesen. Stephen King schwerverletzt, aber das war nicht ausreichend, er hätte schon tot sein müssen.

Er war mit einem Hubschrauber ausgeflogen worden, und Journalisten aus der ganzen Welt standen Schlange vor dem Krankenhaus, in dem die Chirurgen gezögert hatten, ihm ein Bein zu amputieren. Er war gerade so davongekommen, kräftig durchgeschüttelt, aber am Leben. Und genau das macht den ganzen Unterschied aus, es erinnert uns zwar daran, dass der Tod irgendwo lauert, löst stattdessen aber den großen Nervenkitzel aus, der einen eher risikobereit macht, als besonders vorsichtig. Was ich später erfuhr, da nur ich noch in der Lage bin, noch etwas zu erfahren, das ist, dass Stephen King genau die Schmerztabletten verschrieben bekam, die ihn wieder in seine Abhängigkeiten stürzten, und dass er eine fetischistische Fixierung auf die Zahl 19 entwickelte, weil der Unfall an einem 19. Juni passiert war, genau wie ich von da ab der Zahl 22 einen ängstlichen Kult widmete.

Stephen King kam davon, er entging um Haares-
breite der Katastrophe, die, wäre sie geschehen,
Claude mit Sicherheit dazu gebracht hätte, es
sich zweimal zu überlegen. Ich glaube, ich habe es
Stephen King nicht verziehen, dass er es überlebt
und nie etwas für mich getan hat.

19.

Wenn es an diesem Dienstagmorgen geregnet hätte

Der Gedanke war mir gar nicht gekommen, dass es an diesem Dienstagmorgen auch regnerisch hätte sein können. Manchmal reicht ja eine simple Kleinigkeit, damit das Leben einen anderen Verlauf nimmt. So simpel und trivial wie der Wetterbericht. Das ist verwirrend. Daran hatte ich ehrlich gesagt nie gedacht. Man hält es halt einfach für eine Selbstverständlichkeit, dass es im Juni warm und sonnig ist, gerade in Lyon, wo die Temperaturen rund um die Sommersonnwende extrem nach oben klettern können. Und wo abends Gewitter drohen, wie die Organisatoren der Nuits de Fourvière bezeugen können. Ich erinnere mich an ein Konzert der Tindersticks, das so verregnet war, dass Stuart Staples, der Sänger, vermutlich heilfroh war, seine dicke Tweedjacke anzuhaben, die er auf der Bühne nur selten ablegt und die ihm seinen so britischen Look verleiht. Es war mit einem Mal so kalt und der Regen derart heftig, dass ich mir bei dem fliegenden Händler, der durchs Amphitheater streifte, ein transparentes Cape kaufte, das ich immer noch unten in meinem Rucksack habe, wenn ich zu einer Wanderung aufbreche. Mein Tindersticks-Regencape, Claude hätte das großartig gefunden.

Ich hatte nicht daran gedacht, dass der 22. Juni 1999 auch ein regnerischer, frischer und ekliger Tag hätte sein können. Und in dem Falle hätte der Regen ein einziges Mal positiv auf mein Leben gewirkt, der Regen hätte uns gerettet, er hätte mich beim Aussteigen aus dem Zug von Paris überrascht, mein Haar gekräuselt und meine Schritte bis zum Busunterstand beschleunigt, wo ich dann den letzten 38er genommen hätte, um in die Wohnung zurückzukehren. Ich wäre pitschnass eingetroffen, und ziemlich mies gelaunt, aber dann hätte ich die Füße unterm Tisch ausgestreckt, und Claude hätte das Essen aufgewärmt, das er gekocht hatte, vielleicht einen seiner Klassiker, Chili con Carne, obwohl es nicht sehr wahrscheinlich ist, dass er sich mitten im Umzug die Zeit zum Kochen genommen hätte.

Wenn es also an diesem Dienstagmorgen geregnet hätte, wie hätte sich Claude dann entschieden?

Man kann darauf wetten, dass er nicht die Mühe auf sich genommen hätte, bis hinauf zum Haus der Merciers zu gehen, um dort die Honda vom Pfosten abzuketten, man kann sich problemlos vorstellen, dass er, nachdem er seinen Sohn in der Schule abgeliefert hatte, unter seinem Regenschirm einen Blick in den Himmel werfen würde, die Nase rümpfen und sich nach Süden und Westen drehen würde, denn so überwacht man das Wetter, wenn man in Lyon lebt; man sucht den Himmel in Richtung Rhônetal und der Raffinerie von Feyzin nach einem Sonnenstrahl ab, der sich irgendwo in der Ferne zeigt und Hoffnung auf eine Aufheiterung macht. Aufheiterung, *L'Eclaircie*, das Wort erinnert mich an das Chanson der Gruppe Marc Seberg und ihres Sängers Philippe Pascale (auch er ein Kind des Algerienkriegs, der kürzlich seinem Leben ein Ende gesetzt hat), das Claude häufig geträllert hat.

Aber das war vorher, das war vor der Jahrhundertwende, da las man den Wetterbericht noch nicht von seinem Mobiltelefon ab, da konsultierte man den Himmel in alle Richtungen und versuchte, unsichere Gleichungen aufzustellen, in denen die Windrichtung mit der Wolkenform zusammengebracht und mit unseren Gebeten angereichert wurde.

Claude hätte also den Kopf zum Himmel gehoben, wie er es jeden Morgen tat, wenn er das Schlafzimmerfenster öffnete und die Hand raushielt mit einer urkomischen Geste, die uns beide zum Lachen brachte, als könne man mit der Hand die Temperatur messen und die Glaubwürdigkeit der Wettervorhersage überprüfen. Jeden Morgen sondierte er auf diese Weise misstrauisch die Atmosphäre, als hinge sein Leben davon ab, denn bei nassem Wetter Motorrad zu fahren, das war nicht zu vergleichen mit dem coolen Cruisen über algerische Uferstraßen. Mich erinnerte das jedes Mal daran, dass er nicht wirklich von hier war, dass seine Anwesenheit nördlich des 45. Breitengrads ein Irrtum war, und er hatte recht: Hätte der Wind der Geschichte ihn nicht bis zum Nordufer des Mittelmeers mit sich davongetragen, dann hätte er sich nie um das scheren müssen, was man in den gemäßigten Regionen Wetter nennt. Er hätte sein Leben kurzärmlig verbracht in der ewig warmen Brise, er wäre barfuß gegangen und ohne Helm Motorrad gefahren. Anstatt Stiefel zu tragen und von November bis Mai zu frösteln.

Wenn es an diesem Morgen geregnet hätte, hätte Claude die Straße in Richtung der Garage überquert, dann hätte er kurz innegehalten, um zu überlegen, dann hätte er geseufzt, den Kopf zwischen die Schultern gezogen und zerstreut seinen Dreitagebart gekratzt. Er hätte zweifellos seine

Suzuki Savage losgekettet, nach kurzem Zögern, ob er nicht lieber den Bus nehmen sollte, der hundert Meter weiter hält, aber er hätte sich nicht dazu durchringen können, auf diesen Bus zu warten, obwohl der ihn direkt und sogar ohne Umsteigen bis vor sein Büro gebracht hätte, und wenn ich heute darüber nachdenke, kommt mir das so übertrieben vor, dass ich fast schon gerührt bin. Den Bus zu nehmen, war die schlimmste Frustration. Eine Frage der Geschwindigkeit, der Umstände, es war eine Zeremonie, die ihm schlichtweg nicht passte. Die Fahrpläne, die Fahrscheine, ein Teil einer Herde zu sein, ohne selbst agieren zu können, das war alles der Horror für ihn, und dann noch die ganze Zeit, die Hand an einer Stange, stehen zu müssen, mit diesem langen Gestell, in dem er sich, glaube ich, immer ein wenig unwohl fühlte. Der Bus, das war einfach nichts für ihn. Das Motorrad dagegen war die ideale Fluchtlinie, es war perfekt auf dieses städtische Leben zugeschnitten, das er liebte, und verlieh ihm ein Gefühl von Unabhängigkeit, das ihn beruhigte. Zu Fuß gehen war nicht seine starke Seite, weder in der Stadt noch in den Bergen. Mit dem Zweirad hatte er seinen Schwerpunkt und sein Gleichgewicht gefunden.

Mit dem Fahrradfahren hatte er schon im frühen Kindesalter begonnen, ich sehe das Foto vor mir, wo er auf der Terrasse in Algerien Dreirad fährt. Bei seiner Ankunft in Frankreich hatten seine Eltern ihm ein Kinderfahrrad geschenkt, dann als Jugendlicher hat er sich ein gebrauchtes Mountainbike gekauft, mit dem er am Fuß der Hochhäuser in seinem Viertel komplizierte Pirouetten fuhr, Abhänge runterraste und bald schon halsbrecherisch unterwegs war, auch auf der Straße; das hat mir sein Kumpel Alain erzählt, der im selben Haus in Rillieux-la-Pape wohnte und seine Abende mit ihm beim Plattenhören verbrachte. Und danach machte Claude seinen Motorradführerschein, und das war der Beginn einer anderen Geschichte.

Wenn es am Morgen des 22. Juni geregnet hätte, dann hätte Claude darauf verzichtet, die Straße hinaufzugehen, von der das Wasser heruntergeflossen wäre. Er hätte nicht ohne Not seine Schuhe nass gemacht (er mochte Schuhe so gerne, dabei fällt mir ein, dass das Krankenhaus mir seine nicht zurückgegeben hat), er wäre nicht bis nach oben zum Haus der Merciers durch Wasserlachen gestapft. Es wäre ihm klar gewesen, dass es keinen Sinn hatte, die 900er Honda zu starten, mit der riskiert hätte, ins Schleudern zu kommen, da bin ich mir völlig sicher, er hätte sich nicht den Spaß verderben wollen, den er immer noch haben konnte; in diesem feindseligen Wetter mit all den Tropfen, die aufs Visier des Helms geprallt und dort in feinen Schlieren runtergelaufen wären und ihm die Sicht versperrt hätten, das war die Sache nicht wert. Nein, er hätte das getan, was er jeden Tag tat, er hätte das Garagentor geöffnet, hätte sich bis zu seinem Motorrad durchgeschlängelt, hätte die Regenkombi aus einer der Ledertaschen gezogen, die hinten an der Suzuki angebracht waren, hätte sie widerwillig übergezogen, denn so zieht man nun mal Regenkombis und Überstiefel an: unwillig, um nicht zu sagen traurig, er hätte den Reißverschluss bis oben zugezogen, es wäre ihm klar gewesen, dass die Fahrt zur Arbeit ihm keinerlei Freude schenken würde, im Gegenteil zu allem, was man erwarten darf, wenn man an einem Junimorgen auf sein Motorrad steigt, weder Geschwindigkeitsrausch noch Entspannung noch die Gelegenheit, das Unerwartete zu genießen; nein, stattdessen hätte er alle Mühe gehabt, sich richtig zu bewegen in dieser Plastikhülle, die er hasste, und die er auf dem Motorrad-Second Hand-Markt, der jeden ersten Sonntag im Monat in Neuville-sur-Saône stattfindet, gekauft hatte, den wir ab und an aufsuchten, wenn wir auf der Suche nach einem Accessoire oder einem Ersatzteil waren, die im Fachhandel zu teuer gewesen wären, aber auch weil es Spaß machte, an den Ständen herumzustöbern und uns ein, zwei Stunden lang als Teil einer Community zu fühlen, die wir ansonsten nur sehr selten frequentierten.

Claude hätte den ersten Gang eingelegt, wäre durch das hochspritzende Wasser auf die Straße gerollt und dann wie ein begossener Pudel zur Mediathek gefahren, wo er in einem leicht erbarmungswürdigen Zustand eingetroffen wäre. Es wäre ein Tag geworden, an dem ihn kein Kollege beneidet hätte, an dem kein Mädchen sich nach ihm umgedreht hätte, am dem er kein bisschen mehr nach Rock 'n' Roll ausgesehen hätte. Er hätte sein Motorrad auf dem vorgesehenen Parkplatz angekettet, dann in seiner triefenden Kombi das Gebäude betreten, den Portier gefragt, ob er sie irgendwo im Flur zum Trocknen aufhängen könne, und die beiden hätten ein kurzes Höflichkeitsgespräch übers Wetter geführt, sie hätten übereingestimmt, dass es doch immerhin schon der zweite offizielle Sommertag war, und man noch von Glück sagen könne, dass das nicht schon gestern während der Fête de la Musique runtergekommen war, und sie hätten beide darauf gewettet, dass es nur von kurzer Dauer sein konnte, und tatsächlich würde es dann auch nur von kurzer Dauer gewesen sein, zwei Stunden später wäre das Tiefdruckgebiet weitergezogen, der Regen hätte sich gelegt und zugleich wäre ein wenig Wind von Norden aufgekommen, nur eine Brise, aber ausreichend, um die Wolken zu vertreiben, und dann wäre die Sonne durchgebrochen, hell strahlend, und die Mauersegler hätten wieder ihr endloses Luftballett zwischen den Häusern aufgenommen, ihre Schreie hätten sich an den Fassaden gebrochen und wären auch durch die großen Fenster von Claudes Büro gedrungen, die er mittlerweile geöffnet hätte, um den Sommer willkommen zu heißen.

Aber an diesem Dienstag, dem 22. Juni herrschte schönes Wetter, man könnte sagen: normal schönes Wetter für die Jahreszeit. Und Claude war bis zum Haus der Merciers hinaufgestiefelt.

20.

Wenn Claude, bevor er das Büro verließ,
Don't Panic *von Coldplay gehört hätte*
und nicht Dirge *von Death in Vegas*

Claude war auf der massigen schwarz-goldenen Honda zur Arbeit gekommen, und der Pförtner am Eingang des riesigen Ozeandampfers, der die Stadtbibliothek von Lyon ist, hatte vor Bewunderung und Verblüffung einen Pfiff ausgestoßen. *Bereitest du dich auf die 24 Stunden von Le Mans vor?*, hatte er, alles ein wenig durcheinanderbringend, gescherzt. Nachdem sein Berufsleben schlecht begonnen hatte – denn er hatte einen Job in der Clearingabteilung der Banque de France gefunden, weil er gezwungen war, nach dem Ende des Militärdienstes irgendwie für sich aufzukommen –, nach einem Beginn also, der wie er selbstironisch formulierte, ziemlich daneben war, hatte Claude erfahren, dass in der Mediathek eine neue Stelle geschaffen wurde, und das war ein Ort, den er als Nutzer (ein Wort, das ihn jedes Mal erblassen ließ) regelmäßig aufsuchte und an den er mich oft samstags mitnahm.

Man muss sich daran erinnern, dass in dieser Zeit vor dem Internet CD und Schallplatte die einzigen Hörmedien waren, die es gab, und die Kassette die einzige Kopiermöglichkeit. Man konnte nicht hören, was man wollte, wann man wollte. Man musste warten, dass Bernard Lenoir im Radio seine Auswahl spielte, dass Rockkritiker wie Arnaud Viviant, JD Beauvallet, Bayon oder Michka Assayas uns bei der Hand nahmen, man kaufte viel, in den Plattenläden in der Rue des Merciers oder am Hang von Croix-Rousse, wo wir einen Großteil unserer Zeit und unseres Geldes ließen. Man bestellte *Importe*, die irrsinniges Geld kosteten und manchmal Wochen brauchten, um aus den USA oder England anzukommen, und auf die wir warteten wie Kinder. Und dann besuchte man die städtische Mediathek, aus der man drei Schallplatten pro Woche ausleihen konnte.

Das Glück lag im Mangel, in der beschränkten Auswahl und der Angst, uns getäuscht zu haben. Und in den Zufallsentdeckungen, die wir machten, weil die erhofften Platten bereits ausgeliehen waren. Das Glück lag in der Begierde, die man empfand, und die die Wartezeit noch steigerte. Glück war das Wenige, das Seltene.

Um diese Stelle zu bekommen, die er unbedingt haben wollte, hatte Claude sich daran gemacht, Musikgeschichte zu studieren, klassische und populäre, denn er musste die Prüfung für den öffentlichen Dienst vorbereiten, der ihm erlauben würde, die Bank hinter sich zu lassen und mit Leib und Seele in die Welt der Musik einzutauchen. Wie durch ein Wunder bekam er den Posten und stieg dann im Laufe der Zeit zum Leiter der Abteilung auf, ohne sich dafür von seinen Boots und seiner Lederjacke trennen zu müssen (was in der Bank undenkbar gewesen wäre, wo seine Chefin ihn aufgefordert hatte, die Sneaker gegen einen Anzug einzutauschen).

In der Medi, wie er sie nannte, entschied er über die Zukäufe, verbrachte seine Zeit damit, einen Katalog anzulegen, Hörproben zu machen, dann den Vinylbestand auf CD umzustellen; er fragte sich (als das gerade aufkam), ob es notwendig sei, eine Rap-Abteilung einzurichten oder eine für elektronische Musik; er musste überlegen, in welche Kategorie welches Album gehörte, war das nun House oder eher Jungle; er reorganisierte die Einteilung, nur um sie dann ganz zu verwerfen, weil er sie altmodisch fand. Darüber hinaus musste er Teamsitzungen organisieren, die Personalführung, die nicht seine Stärke war, nicht vergessen und die Hierarchie durchsetzen, in der er der Abteilungsleiter war. Manchmal war Claude nicht am Arbeitsplatz, weil er in Bordeaux, Arles oder Nantes Weiterbildungen zu den verschiedenen Strömungen der Rockmusik gab. Abends zu Hause hörte er Alben, machte sich Notizen, spielte mir das vor, was ihm gefiel. Es war einer seiner Lebensinhalte, zu entdecken, auszugraben, zu hören, immer noch mehr zu hören und weiterzugeben.

Besonders im Gedächtnis geblieben ist mir jener unvergessliche Moment, als er mit dem Debütalbum von Dominique A nach Hause kam, *La Fossette*, und mir befahl, mich nicht zu rühren, das heißt, mich auf das kleine Küchensofa zu setzen und zuzuhören, ohne dabei irgendetwas anderes zu tun (ich erinnere mich noch, wie er mir das einschärfte). Und wie sich dabei unsere Schultern berührten, und wie sich unsere Blicke suchten, sobald wir die ersten Noten von *Courage des Oiseaux* gehört hatten, diesem Lied, das vor allen anderen unsere persönliche Hymne geblieben ist, unser gemeinsamer Anker, unser Geheimcode, so wie es zum Symbol einer ganzen Generation wurde. Besonders im Gedächtnis geblieben ist mir der Abend danach, nach dem Essen, nachdem wir unseren Sohn zu Bett gebracht hatten, der damals noch keine achtzehn Monate alt war, wie wir das Album von Dominique A in Endlosschleife hörten und wiederhörten, gebannt und wild begeistert.

Es war ein Dienstag. Die Wanduhr in der Mediathek zeigte kurz vor 16 Uhr. Auf dem Schreibtisch warteten noch einige CDs darauf, für ein letztes Durchhören in den Player gesteckt zu werden. Alain Bashung, Daft Punk, Coldplay, Death in Vegas, Placebo, Radiohead, Massive Attack. Claude hatte ein Auge auf der Uhr. Er musste ein letztes Lied auswählen, eins, das nicht zu lang war, bevor er das Büro verließ, sich diskret davonmachte und den Kollegen, die er im Blick hatte, kurz zuwinkte. Eins noch for the road, der Ausdruck ist mir nie so passend vorgekommen. Eins, das es ihm erlauben würde, rechtzeitig aus der Mediathek rauszukommen, um nicht verspätet vor der Schule aufzutauchen, wo sein Sohn auf ihn wartete (wo sein Sohn eben nicht auf ihn wartete).

Er war ein Experte dieser Routine, die jedermann praktiziert, letzte Mail, letzter Anruf, letzter Kunde, all diese Dinge, die man mit einem Blick auf die Zeit tut, die sie in Anspruch nehmen. In dem Bewusstsein natürlich, dass alles doch am Ende auf

eine Verspätung hinausläuft, dass sich jedes Zeitpolster in eine Verspätung verwandelt, denn es
ist ein ehernes Gesetz, dass die Arbeitszeit – und
vor allem seit dem Aufkommen der E-Mails, die
1999 noch eine Seltenheit waren – über die Ufer
tritt wie ein Fluss bei Hochwasser, dass sie keine
Pause duldet, keine verbummelte Minute, vor allem
nicht dann, wenn man den Tag abschließen will
und es immer noch etwas Dringliches zu erledigen
gibt, wo man noch ein Wunder tun muss und eine
Verabredung verschieben. Und dann klingelt un-
vermeidlich noch mal das Telefon.
Mit anderen Worten, man hat nie jemanden zu
früh aus dem Büro gehen sehen. Das gibt es nicht.
Selbst in gewissen Abteilungen des öffentlichen
Dienstes nicht.

Das kürzeste Stück war *Don't Panic* von Coldplay,
3:27 Minuten, gerade erst erschienen und in dem
Karton, den der Schallplattenhändler aus der Rue
Mercier gerade geliefert hatte. Aber Claude hatte
Lust, *Dirge* von Death in Vegas zu entdecken (und
nie erfahren, dass der Song ein paar Monate später
für die superkultige Levi's-Werbung genutzt werden
würde), das 5:44 Minuten lang läuft. Ein Dilemma
von zwei Minuten, über das er sich den Kopf zer-
brechen musste. Mit anderen Worten: gar nichts;

eine solche Kleinigkeit, eher zum Lachen. Und was sind schon zwei Minuten gemessen an einem Leben oder auch nur an einem Tag? Zwei Minuten, dann kürzt man das Stück eben ab, oder fährt auf dem Rückweg ein bisschen schneller, obwohl es in der Stadt bei all den Ampeln nichts bringt, sich zu beeilen, Claude wusste das, er war lange genug mit dem Fahrrad gefahren (seinem Fahrrad, das immer noch bei mir im Garten steht) und hatte festgestellt, dass er, egal ob mit Motorrad oder Fahrrad, die gleiche Zeit brauchte, abgesehen von dem Anstieg zum Schluss, da musste er die Arschbacken zusammenkneifen, ein Ausdruck, den er liebte und der aus dem saftigen Ton kam, in dem seine Familie redete, die seit der Ausbürgerung aus Algerien von Stadt zu Stadt gespült wurde.

Aber diesmal wäre er auf der Honda 900 in weniger als einer Viertelstunde dort, und selbst wenn er erst ankäme, nachdem die Schulglocke geläutet hatte, wäre es kein Drama. Es passierte allen Eltern mal, unter den letzten zu sein (ich erwähnte das ja bereits), jedenfalls denen, die arbeiteten, man wusste, dass irgendeine andere Mutter oder ein Vater aufpassen würde, kein Kind blieb je allein auf dem Trottoir zurück. Trotzdem hatte man natürlich Angst, und es war einem auch ein wenig peinlich, beim nächsten Mal würde man den Gefallen erwidern. Ich darf bei dir zu Abend essen, du darfst bei mir spielen.

Claude entschied sich also für *Dirge*, auch wenn ich zugeben muss, dass ich da nicht ganz sicher bin (ich halte mich an das, was mir Eric erzählt hat, der in ein paar Metern Entfernung arbeitete und gesehen hatte, wie Claude das Album wieder in die Hülle steckte), ich stelle Hypothesen auf, um dieses schwarze Loch damit zu überdecken, in das ich jedes Mal falle, wenn ich versuche, mir diesen letzten Tag auszumalen. *Dirge* war also seine Wahl, um ein wenig in Verspätung zu geraten und damit den kleinen Adrenalinschub zu verursachen, der die Würze unseres Lebens ist. Normal, die Zeit des Menschen ist die seiner Verspätungen. Und ich möchte hinzufügen: Falscher Zündzeitpunkt.

Ich habe *Dirge* monatelang in Endlosschleife gehört, denn ich bin diesem Stück verfallen (und vielleicht mehr). Und dieser englischen, von Richard Fearless gegründeten Gruppe. Ich kenne jede Sekunde dieses stechend schmerzlichen Liedes, das mit Gitarren und einer Frauenstimme einsetzt, dann sanft in den Rhythmus fällt, sich mit dem Einsatz eines verzerrten Synthesizers entfaltet, weiter anzieht, sobald eine etwas dreckige Gitarre auftaucht, unterstützt vom

Schlagzeug, das fast den ganzen Vordergrund einnimmt. Ich habe jede der zusätzlichen Schichten in
meinem Fleisch gespürt, in denen die paar sich wie-
derholenden Noten (F, E, D, F, C, D) verstärkt und
intensiviert werden, die ihnen einen Körper verleihen
und eine Intensität aufbauen, der man unmöglich
widerstehen kann. Ich fordere jeden heraus, *Dirge*
vor dem Ende mit der Pausetaste unterbrechen zu
können, ich habe mir immer gesagt, das wäre, als
wolle man eine sich steigernde sexuelle Erregung
unterbrechen, als schalte man das Licht ein, gerade
wenn der Höhepunkt kommt. Man ist ein Teil der
Sättigung, des Bebens, die Noten werden gehalten,
zurückgehalten, steigen stufenweise an, nehmen
einen mit, immer weiter fort, in süchtiger Ruhe, der
Fluss will psychedelisch sein und zugleich punkig,
er umgibt einen wie Watte, in deren Tiefen man sich
sinken lässt in der Hoffnung, nie wieder aufzutauchen. Es tut sowas von gut.

Und genau das ist das Problem.
Geh jetzt! Schalt es aus! Lass dich nicht einspinnen.
Nimm deinen Kram und hau ab.

Ich frage mich, was Claude über den Song geschrieben hätte, wenn er etwas für die Zeitung hätte
machen müssen, wie er dieses Stück von 5:44 Minu-

ten in Angriff genommen hätte, das keinen anderen Text hat als la la la, la la la. Er gab regelmäßig zu, dass es eigentlich unmöglich sei, über Musik zu schreiben, und er konnte es kaum glauben, wenn er dann solch ungeheuer inspirierte Texte von Greil Marcus oder Lester Bangs las, dieser legendären angelsächsischen Rockkritiker, die der Rockmusik ihren Adelstitel verliehen haben. Ich gebe zu, dass ich diese paar Zeilen eben geschrieben habe, um ihn zu überraschen, ein letztes Mal. Es wäre so schön, wenn er wenigstens darüber lächeln würde. Über diesen emsigen Ernst, mit dem ich da drangehe und diese dick aufgetragene Überzeugung.

Claude schrieb gut, er hatte dieses Talent, und es betörte mich. Er bot mir manchmal an, seine Artikel durchzulesen, wenn er sich nicht sicher war, ob alles klar rüberkam oder wenn er sich fragte, ob eine etwas starke Metapher angebracht wäre. Er tippte abends in der Wohnung auf einer elektronischen Schreibmaschine Canon S 50, ich glaube, danach druckte er aus und nahm das Papier mit in die Redaktion. Lange lagen irgendwelche Floppy-Discs unten in Kartons, bevor ich mich traute, sie zu öffnen, aber das war vermutlich erst später, als Claude sich seinen ersten PC gekauft hatte. Mir gerät mittlerweile alles durcheinander.

Es war 15.55 Uhr, als Claude sich endlich Richtung Ausgang verdrückte. Er hatte sich nicht die Zeit genommen, sich von den Kollegen zu verabschieden, die seine notorischen Verspätungen kannten und ihm nicht böse waren, wenn er an zwei Tagen in der Woche vor ihnen ging. Lederjacke überziehen und die Tür aufstoßen waren eine Bewegung. Ich sehe ihn vor mir, wie er Rucksack, Schlüssel, Helm und Handschuhe zugleich in den Händen hielt und versuchte, nichts fallen zu lassen und zugleich einen Finger frei zu haben, mit dem er auf die Aufzugtaste drücken konnte, um hinunter ins Erdgeschoß zu kommen. Er betete, dass der Aufzug nicht, wie so oft, mehrere Minuten brauchen würde, um anzukommen, er durfte auf keinen Fall in einer der oberen Etagen blockiert werden, beispielsweise bei den Altbeständen, wo Guy arbeitete, mit dem er zu Mittag gegessen hatte und der mir später das letzte Essen in allen Einzelheiten schilderte, und noch mehr, wovon ich nichts wusste.

Claude war jetzt also im Erdgeschoß und verabschiedete sich vom Pförtner, der vermutlich auf die Honda aufgepasst hatte – das habe ich nicht auch noch nachgeprüft – und der zusah, keine Ahnung ob beeindruckt oder zweifelnd, wie Claude dieses Monstrum von einem Motorrad anwarf, die elektronische Zündung bediente, nachdem er den Helm übergezogen und den Rucksack auf seinem Rücken befestigt hatte. In dem fand ich übrigens, als man mir seine Sachen zurückgab, die große stählerne Antidiebstahl-Kette, die CDs von Coldplay und Massive Attack, zwei Stups und Steppke-Comics, die er für seinen Sohn ausgeliehen hatte, und eine Juniausgabe von *Les Inrockuptibles*, deren Titelbild der Film von Larry Clarke zierte, *Another Day in Paradise*, der gerade in die Kinos kam. Er ließ den Motor aufheulen, indem er am Gasgriff drehte, allerdings noch im Leerlauf, und zeigte damit dem Pförtner hinter seiner Glasscheibe, oder vielleicht angesichts des warmen Juniwetters auch auf der Türschwelle, dass er Eier hatte und dass er es auch krachen lassen konnte, dass er nicht auf Musik beschränkt war, er konnte auch was anderes sein als ein Intellektueller, der in einer Bibliothek arbeitet, er konnte mit dem Mann aus der Pförtnerloge auf Augenhöhe kommunizieren, der vermutlich nicht die gleiche Musik hörte wie er und nicht die gleichen Bücher las, sondern seine Tage vor einem kleinen Fernsehapparat verbrachte, der oben an der Wand festgeschraubt war und auf den er mit dem Kopf im Nacken starrte, was ihm vermutlich die Wirbel einklemmte und chronische Schmerzen verursachte. Claude drehte das Gas noch zwei-, dreimal auf, während er die 183 Kilo schwere Maschine hin und her zu rangieren und in Fahrtrichtung zu bringen versuchte. Dann stellte er noch einmal sicher, dass er nichts vergessen hatte, nickte dem Pförtner zu, der ihn mit dem Daumen nach oben antwortete. Bis morgen. Ciao amigo, bis morgen.

Es war genau 16 Uhr. Also doch fast noch vor der Zeit.

21.

Wenn Claude nicht seine 300 Francs
im Geldautomaten der Société Générale
vergessen hätte

Aber doch nicht so sehr vor der Zeit, denn Claude musste einen ungewöhnlichen Zwischenstopp einlegen und dafür leicht von seiner Route abweichen. Guy hat mir ein paar Wochen nach dem Unfall diese Anekdote berichtet, die ich nicht richtig einzuordnen wusste. Claude hatte Geld geholt, bevor er mit Guy im Tout Va Bien zu Mittag aß, einem Restaurant an der Ecke Cours Lafayette, das mittlerweile geschlossen ist, und hatte die 300 Francs im Automaten der Société Générale vergessen. Es war ihm in dem Moment aufgefallen, als er Tagesgericht und Kaffee bezahlen wollte, er hatte es Guy gesagt, der sich amüsierte, denn es war allgemein bekannt, dass Claude ständig etwas vergaß oder verlor, wie zum Beispiel die Schlüssel der Abteilung, das war der Running Gag, das mit den Schlüsseln für die Ausleihe, Kunden stauten sich dann ab und zu in der Halle und warteten darauf, dass die Türen sich endlich öffneten.

Claude hatte schließlich mit seiner Carte Bleue gezahlt, weil er gegen Ende des Monats seine Restaurantschecks aufgebraucht hatte, nachdem er alle Taschen seiner Jacke durchsucht hatte, die er nie ablegte, auch mitten im Sommer nicht, denn in dieser Jacke trug er eben alles mit sich, was ihm wichtig war: Brieftasche, Bargeld, die diversen Schlüsselbünde, seine Sonnenbrille und wer weiß was noch. Es gab noch einen weiteren Grund, warum er seine Lederjacke selten auszog, den hatte er mir eines Tages gestanden, als ich ihn halb damit aufzog. Da er nicht sehr kräftig gebaut war, fühlte er sich verletzlich und wahrscheinlich auch außerhalb des Kanons der Klischeevorstellungen, nach dem Männer einen kräftigen und muskulösen Oberkörper haben sollten. Dabei war es gerade das, was ich liebte, diese zierliche Figur, dieses scharfe Profil, diese kantige Schönheit.

Nach dem Verlassen des Tout Va Bien wollte er noch bei der Bank vorbei, aber das war zu knapp, also würde er gegen Ende des Nachmittags auf dem Rückweg auf einen Sprung dort vorbeischauen.

Es war vier Uhr, und Claude musste noch diesen Umweg machen, bevor er seinen Sohn von der

Schule abholte. Das würde ihn ein paar Minuten kosten, die Société Générale befand sich in einer Querstraße, zwar als Einbahnstraße in Gegenrichtung, aber weniger als 300 Meter entfernt. Ich habe das gerade nachgeschaut.

Er parkte zwischen zwei Autos und achtete darauf, den Helm abzunehmen, bevor er an den Schalter trat, um den Angestellten nicht zu erschrecken, der nach seinem Klingeln die automatische Sicherheitstür öffnen musste. Ein junger Mann im kurzärmligen Hemd empfing ihn, die gleiche Art Mann, die auch Claude mit zwanzig gewesen war, woran er vermutlich mit Schrecken zurückdachte. Der junge Mann sah ihn mit einem Lächeln an, das umso verzerrter wurde, als Claude keine Witze machte, völlig offen, naiv und vertrauensvoll hoffte er, der Automat habe seine Scheine geschluckt, bevor irgendjemand anders sie sich nahm, und die Bank werde ihm sein Geld auf Treu und Glauben aushändigen. Er musste ein Formular ausfüllen, das ihn zwang, lange Minuten vor der Scheibe des Schalters auszuharren, seine Kontonummer, seine Bankleitzahl, seinen Filialcode zu finden, sein Scheckheft in seinen Taschen zu suchen, um all diese Zahlen, die er nicht auswendig kannte, vor Augen zu haben. Dann mit einem Kugelschreiber, der nicht funktionierte, aufschreiben, noch einmal neu beginnen, weil er sich in der Anzahl der Nullen vertan hatte, und dann warten, dass der Bankangestellte, der mittlerweile von einem Telefongespräch in Anspruch genommen war, sich ihm wieder widmete. Der Angestellte musste das Formular entgegennehmen, einen Stempel draufsetzen, einen Durchschlag für den Kunden abreißen und den Vorgang verbuchen. Das alles brauchte länger als vorgesehen, und verspätete Claude, der bis dahin gut in der Zeit gewesen war. Aber wegen dieser Formulargeschichte war er jetzt in Verzug und spürte dieses leichte Ziehen im Magen, das ihm deutlich machte, er müsse nun ohne weiteren Aufschub los, denn er besaß keinerlei Zeitpolster mehr.

Ich habe nie erfahren, ob Claude nun eigentlich dort direkt am Schalter sein Geld bekommen hat im Austausch für dieses Papier, das er ausgefüllt hatte und das auf Treu und Glauben bestätigte, er habe die 300 Francs, die der Automat ein paar Stunden zuvor ausgespuckt hatte, nicht erhalten, denn unter den Sachen, die mir von der Intensivstation des Krankenhauses zurückgegeben wurden, befand sich keine einzige Banknote. Und da ich damals von diesem Zwischenfall nichts ahnte, wäre ich nicht auf den Gedanken gekommen, etwas zu reklamieren, ebenso wenig wie ich mich getraut habe, nach seiner Uhr zu fragen. Aber selbst wenn ich etwas gewusst hätte, glaube ich nicht, dass ich die Energie aufgebracht und den Mund geöffnet hätte, um zu protestieren oder Zweifel anzumelden, an so viel erinnere ich mich.

Ich bin nicht sicher, ob Claude den Zwischenstopp bei der Bank gemacht hat, wie er es Guy angekündigt hatte, vielleicht war er auch der Ansicht, es sei bereits zu spät dafür. Ich habe keinen Beweis, und das Ganze hat auch keinerlei Wichtigkeit. Ich habe auch nie daran gedacht nachzuprüfen, ob die 300 Francs von seinem Konto abgebucht worden sind, dabei hatte ich die Pin, ich erinnere mich sogar noch, 2599, ich hätte die Information also sofort abrufen können. 2599. Ich hätte auch auf dem Kontoauszug nachsehen können, der in den ersten Julitagen im Briefkasten lag.

22.

Wenn die Ampel nicht auf Rot gesprungen wäre.

Claude verließ also eilig die Société Générale und reihte sich in den Verkehrsstrom ein, der auf den Boulevard des Brotteaux mündet, der seinerseits zum Boulevard des Belges führt, entlang des Parc de la Tête-d'Or, wo sich luxuriöse Stadthäuser und Villen aneinanderreihen und wo es weit und breit weder einen Bäcker noch ein Eckcafé gibt. Er fuhr in gemäßigtem Tempo, ganz anders als bei dem Versuch, den er an diesem Morgen auf der Stadtautobahn gestartet hatte (das habe ich noch nicht erwähnt, ich hätte sonst den Faden verloren, und außerdem war ich einfach noch nicht so weit, es hinschreiben zu können), und bei dem er Geschwindigkeit, Straßenlage, Bremsen und nicht zuletzt seine eigene Fähigkeit getestet hatte, zum ersten Mal in seinem Leben einen so kraftvollen Boliden zu meistern. Guy hat mir das nach dem Unfall gestanden, dass Claude an dem Morgen, nachdem er die Honda im Haus der

Merciers, oder besser gesagt seinem Haus, geholt hatte, wissen wollte, was in der 900 CBR steckte, denn auf der Stadtautobahn, auf dem Stück ohne Radarkontrolle vor Vaulx-en-Velin, hatte er sie auf 200 Stundenkilometer hochbeschleunigt, er musste auf seiner linken Spur im Außenspiegel der Autofahrer aufgetaucht sein wie eine Rakete (gab es denn an dem Morgen gar keinen Stau?), damit gab er an, als er zur Arbeit erschien, er hatte an die Wildheit seiner Jugend angeknüpft, er hatte diesen dunklen Bereich in ihm gekitzelt, dort wo vermutlich noch, seit er in seiner Kindheit aus dem umkämpften Algerien gerissen worden war, eine tiefe Wut schlummerte. Vielleicht hatte er auch jenen Satz Lou Reeds mit jeder Faser erleben wollen, dieses *Live fast, die young*, wobei ich natürlich keine Ahnung habe, vielleicht mit diesem halb engelhaften, halb dämonischen Grinsen im Mundwinkel, ein Lächeln zum Niederknien, ich sehe es noch vor mir, dieses verzerrte Grinsen, das mich verrückt nach ihm machte. Und danach nur noch einfach verrückt.

Wenn ich darüber nachdenke, dann war diese Beschleunigung auf der Stadtautobahn schon das Mindeste, was er tun musste, er konnte sich diese Honda ja schlecht ausborgen, nur um darauf zur Arbeit zu rollen, die Auspuffgase der

Busse einzuatmen und an jeder Ampel halten zu
müssen. Er konnte es sich doch nicht nehmen
lassen, den Motor einmal voll aufzudrehen, zu
hören, wie er aufheulte, und diesen Quasi-Atom-
reaktor zwischen den Schenkeln zu spüren, der
einen mit Lichtgeschwindigkeit nach vorn kata-
pultiert.

Aber jetzt war das auch gut, er fuhr heimwärts
nach seinem Arbeitstag, war wieder in seiner täglichen Routine und schon damit beschäftigt, was er
bei seiner Ankunft tun würde. Und zufrieden wie
immer, wenn man einen Arbeitstag hinter sich hat.
Wieder zu Hause sein, in seinem intimen und priva-
ten Leben, zurückgezogen und geschützt und ohne
einen einzigen Zeugen für die bewusste Regression,
die einsetzte, sobald die Tür hinter ihm ins Schloss
fiel. Die Côte-d'Or-Schokolode, die er im Stehen vor
dem Vorratsschrank isst, die Ovomaltine-Riegel,
die er im Viererpack kaufte, die Milch, die er vor
dem Kühlschrank hockend aus der Flasche trinkt,
die Schuhe, die er gegen Pantoffeln tauscht und
die dem Rock-'n'-Roll-Typen mit einem Schlag ein
etwas weniger angesagtes Aussehen verleihen. Der
Rucksack, den er öffnet, und aus dem er die Alben
zieht, die er gleich auf den Plattenspieler legen wird,
und das Buch *Die Verschwörung der Idioten*, das ihm

Guy empfohlen hatte und das ich auch in seinem Rucksack fand.

Jetzt war der Tag zu Ende, er kam von der Arbeit zurück und alles würde sich entspannen. Er würde das Motorrad zurückbringen und endgültig und unwiderruflich an seinem Pfosten festketten. Ich denke an dieses sehr angefressene Chanson von Dominique A, *Le Travail*, die Arbeit, auf dem Album *La Mémoire Neuve*, das er tagsüber vielleicht gehört hatte und nach dessen tieferem Sinn ich so lange gesucht habe, bis er endgültig daraus verschwunden war. Ich kam zurück von der Arbeit und niemand wartete auf mich.

Die Statistiken sprechen eine eindeutige Sprache: Zwei von drei schweren Verkehrsunfällen finden auf den vertrauten Strecken zwischen Zuhause und Arbeit statt, auf diesen kurzen, ewig wiederholten Strecken, die man für ungefährlich hält, weil man sie in- und auswendig kennt. Das bedeutet, dass gerade die Abwesenheit von Abenteuern mörderisch ist, dass die Abwesenheit von Risiken das größte Risiko ist. Als ich übrigens am Abend bei meiner Rückkehr aus Paris von dem Unfall erfuhr, habe ich keine Sekunde gedacht, es könne etwas Ernsthaftes sein, als wäre es undenkbar, dass eine Routine zu einem solch dramatischen Ausgang führt.

Egoismus und Trivialität hatten sofort Oberwasser, ich dachte, ehrlich, einen Verkehrsunfall bauen, wo der Umzug direkt bevorsteht, das war nicht gerade intelligent, das wird alles nur noch komplizierter machen. Ich war richtiggehend genervt.

Claude hatte immer Motorräder besessen, seit seiner ersten Yamaha 125, als er achtzehn war und noch bei seinen Eltern in der Sozialbausiedlung von Rillieux-la-Pape wohnte, das war die Zeit, als ich ihn kennenlernte und er vor unserem Haus vorfuhr, tief in die Kurve gelegt und dabei vom Gas gehend, um es dann wieder brüllend aufzudrehen, zweifelsohne um mich damit zu beeindrucken – wusste er, dass ich, angelockt vom Lärm des Motors, ans Fenster meines Zimmers stürzte, was ich ihm nie gestanden habe? Danach eine extrem rassige Kawasaki 650, die ihm am helllichten Tag vor dem Lyoner Opernhaus geklaut wurde, in der schmalen Straße, in der wir unsere erste Wohnung gemietet hatten, aus der wir dann vertrieben wurden, und dann schließlich die Yamaha 500 XT, den großen Einzylinder, die er liebte und auf der wir kreuz und quer durch die gesamte Region gondelten und einen Unfall hatten, als wir am 10. Mai 1981 nach Villard-de-Lans hinauffuhren. Ich trug eine Gehirnerschütterung samt Verlust des Bewusstseins davon (ich konnte mich nicht mehr erinnern, wen ich gewählt hatte) und musste ein paar Tage im Universitätskrankenhaus von Grenoble verbringen. Darauf folgte eine kurze Radfahrperiode, bevor er sein erstes neues Motorrad kaufte, die illustre Suzuki Savage 650, an der er den Chopper-Charme und den entspannten Fahrstil liebte und die ich im Sommer 1999 verkaufen musste, an einen jungen Mann aus Chambéry, dem ich den Grund, warum ich mich von ihr trennen musste, nicht verraten wollte. Und dann gibts da noch all die Motorräder, die ich vergessen habe, die eins nach dem andern gestohlen wurden oder Probleme mit der Versicherung machten und Gegenstand von Gesprächen waren, die ich hier und da aufschnappte und die mir erlaubten, ein wenig von dem ziemlich faszinierenden Fachvokabular mitzukriegen, während Claude sich in ihnen als Mann gab, der Autos ablehnte, nicht zu viel Platz beanspruchen wollte, jegliche Zwänge verabscheute, vor allem den, in Staus gefangen zu sein. Nicht zu reden von seinem Widerstand gegen die Mautstellen auf den Autobahnen, die er immer umfahren hat, ohne seinen Obolus zu leisten, den er als Beleidigung empfand.

Claude fuhr also, ganz normal, könnte man sagen, den Boulevard entlang, im Zickzack zwischen den

Autos, so wie es alle Motorradfahrer schon immer getan haben, die den Gedanken, in einer Schlange blockiert zu sein, nicht ertragen können, die der Gedanke, hinter einem Auto herzufahren, immer schon wahnsinnig gemacht hat. Er hat sich wie eine ungeduldige Biene verhalten, die auf der linken Flanke herumsummt, dann locker umherslalomt, auch einmal bedenklich schneidet, die dir im Nacken hängt und dann abdüst. Er hat Spaß dabei gehabt, denke ich mir, und hoffe ich natürlich auch, er hat mit der butterweichen Gangschaltung gespielt, das Ansprechen des von Tadao Baba entwickelten Vergasers getestet, er hat die Zügel kurz gehalten und die Pferde nicht galoppieren lassen, sondern sich damit begnügt, sich zwischen den Autos durchzuschlängeln, die jetzt mitten am Nachmittag noch nicht im Stau feststeckten und ohne Störungen die beiden Spuren der Straße entlangfuhren, deren erlaubte Geschwindigkeit damals auf 60 km/h begrenzt war.

Er bummelte und brummelte also vor sich hin, das ist das armselige Verb, das mir einfällt, denn der Motor klang nicht richtig, da alles ihn daran hinderte, sich einer sportlicheren Fahrweise hinzugeben, er spielte kaum mit der rechten Hand, um den Gasgriff zu bewegen, wobei: Was weiß ich denn schon? Womöglich flog er auch in einer langen geraden Linie wie ein Komet durch den Bezirk, scherte sich nicht um den Verkehr, immer ein wenig am linken Straßenrand, manchmal leicht jenseits der weißen Begrenzungslinie, die nichts war als ein harmloses Symbol, und überholte dabei den 38er, den Bus, den ich nahm – und immer noch nehme –, wenn ich nach meinen Pariser Abenteuern vom Bahnhof nach Hause fuhr, und der sich endlos dahinschleppte, bevor er mich auf halber Höhe des Anstiegs von La Boucle absetzte, auf der anderen Seite der Rhône, wo wir lebten.

Die Rhône beschreibt die Grenze zwischen dem 6. Bezirk und dem Viertel Croix-Rousse, wo die Schule und die Wohnung lagen, aus der wir gerade auszogen, ein breiter und leuchtender Fluss an der Stelle vor dem Beginn der Innenstadt, direkt unterhalb des Wehrs von St. Clair, wo das Wasser je nach Jahreszeit in mehr oder minder schäumenden Kaskaden niederfällt, immer aber in diesem fast weißen Blau, das einen erinnert, dass seine Quelle in den Gletschern liegt. Die Rhône, deren Ufer ab Juni voller Menschen sind, obwohl das Baden verboten ist und noch mehr das Angeln und Verzehren von Fischen, die alle mit Phenolen vergiftet sind. Ich weiß noch, dass wir bei Tisch davon sprachen, von dieser Verschmutzung der Rhône, die einen besorgniserregenden Cocktail aus Nitraten, Schwermetallen und anderen Pestiziden mit sich führte, den wir unter diesem neuen Begriff Phenol zusammenfassten, der damals die Titelseite von *Le Progrès* schmückte.

Ich schiebe den Augenblick vor mir her, wo ich Claudes Fahrt stoppe und die Ampel auf Rot springen lasse, jene vor dem Guimet-Museum, die entscheidend ist für das, was folgt. Vorerst spreche ich aber noch von Phenolen und kleinen improvisierten Stränden voller junger Leute, die zwischen den Büschen liegen und sich den schon warmen Sonnenstrahlen überlassen und dem die Helligkeit widerspiegelnden Wasser, voller heimlicher Paare, junger Männer, die sich treffen, Studenten, die sich hinter die Bäume zurückziehen, um sich Joints zu bauen, und dann den Abend rund um ein Lagerfeuer verbringen, auf einer Gitarre zupfen oder auf einer Djembé spielen, deren Klänge bis hinauf auf den Hügel von Croix-Rousse dringen.

Ich zögere, diese Ampel auf Rot springen zu lassen, denn wäre sie auch nur eine Sekunde länger grün geblieben, hätte Claude seinen Weg ohne Hindernisse fortsetzen können und zweifellos auch sein

Leben, und wir hätten uns nie an diesen Tag erinnert, ein Tag wie jeder andere, weder bemerkenswert noch erinnerungswürdig, ein Tag, der keine Frage aufwirft und keine Erzählung abwirft, ein Tag, der die sommerlichen Schwingungen aufnimmt, in den man mit bloßen Armen hinausgeht und sich vom linden Wind dieses seidigen Nachmittags umspielen lässt, bald ist das Schuljahr zu Ende, die große Befreiung naht, der Umzug naht, dieses neue Leben naht, von dem wir wussten, dass es sich nun endlich entfalten würde. So empfand ich das zumindest, vielleicht war ich ja die Einzige, die sich das so vorstellte. Ich sah diese Ankunft in unserem Haus wie die Startrampe auf dem Weg zu neuen, weiteren und vielversprechenderen Horizonten. Als wäre es notwendig gewesen, all diese Zeit zu warten und nun den geeigneten Ort zu finden, an dem unser Erwachsenenleben endlich die Dimensionen annehmen würde, die uns entsprachen. Seines mit einundvierzig, meines mit sechsunddreißig. Schnellläufer waren wir keine, jedenfalls nicht immer.

Ich weiß nicht, wie die Verkehrsampeln geregelt werden, seit das erste Mal eine aufgetaucht ist 1868 in einem Londoner Viertel in Form einer drehbaren Gaslaterne, die von einem Schutzmann bedient wurde, um die Züge anzuhalten, die die Bridge Street überquerten. Aber man kann sich vorstellen, dass in unserer Zeit Ingenieure sie entsprechend irgendwelcher Studien über den Verkehrsfluss so einstellen, dass der Verkehr auf der jeweiligen Straße möglichst reibungslos funktioniert. Wenn ich am Steuer sitze, dosiere ich meine Geschwindigkeit gerne so, dass ich auf den Durchgangsstraßen eine grüne Welle erwische, und halte das Gaspedal im Zaum, um in den Genuss eines roten Teppichs aus grün werdenden Ampeln zu kommen, der sich vor mir ausrollt (wenn ich das so ausdrücken darf), so dass eine vollkommene Harmonie zwischen dem Menschen, der ich bin, und der Maschine in ihrem kleinen elektronischen Schaltkasten entsteht. Es nützt nichts, zu schnell zu fahren, es reicht aus abzuwarten, dass die Straße sich vor einem öffnet, das ist ein mysteriöser Quell der Freude.

Diese Ampelgeschichte hat mich lange verfolgt, denn seither hat die Mode der Kreisverkehre überhandgenommen, zwar mehr auf dem Land als in der Stadt, als wäre es unmöglich geworden, die Ströme einzudämmen, von Leuten, von Flüssigkeiten, den ganzen Zeitgeist, als würde der moderne Mensch keinerlei Unterbrechung bei der Verfolgung seiner Absichten mehr dulden, so wie es auch mit der Kommunikation geht, die sich Tag und Nacht aus den offenen Hähnen der Netzwerke ergießt. Die Ampel wäre dann ein reaktionäres Hindernis, das einen zwingt, sich den Schädel an verschlossenen Türen einzurennen, ein Zugang, der nicht barrierefrei ist. Ein wenig so wie eine geschlossene Grenze, eine barsche Abfuhr. Die Freizügigkeit, der freie Warenverkehr (der genau das Problem ist), der freie Devisenverkehr und die Ideologien haben die Vorstellung ersetzt, dass so etwas wie eine simple rote Ampel alles stoppen könne. Aber ich schweife ab.

Als die Ampel vor dem Guimet-Museum auf Gelb wechselte, während Claude noch 100 Meter entfernt war und nichts diese Unterbrechung ankündigt hatte, denn bis hierher hatte die Fahrt wie am Schnürchen funktioniert – selbst auf Höhe der Brasserie des Brotteaux musste er nicht bremsen, danach auch nicht vor der Clinique du Parc (die seither die Adresse gewechselt hat) –, da muss er in Versuchung gewesen sein, trotzdem noch durchzukommen, was objektiv gesehen, niemanden gefährdet hätte, denn seitlich aus der Rue Boileau kam kein Auto. Er zögerte einen Sekundenbruchteil – komm ich durch, komm ich nicht durch, jedenfalls muss ich etwas tun, entweder beschleunigen, ohne dabei zu riskieren, in das Auto vor mir hineinzufahren, oder bremsen und riskieren, dass von hinten jemand auffährt –, aber dann bekam wohl der Gedanke Oberhand, lieber vernünftig zu sein, denn er spürte noch den Kitzel der Geschwindigkeitsüberschreitung von heute Morgen durch seine Venen pulsieren, und im letzten Moment beugte er sich also der Autorität des Verbots. Ich stelle mir vor, dass Claude dabei eine leichte Verstimmung empfunden hat, die seine Nerven ein klein wenig anspannte, ich höre, wie er einen leisen Fluch zwischen den Zähnen hindurchpresst, weil er langsamer wird, weil er jetzt runterschalten muss, weil er mit dem Herunterdrehen den Spaß unterbricht, und er wird die Frustration dessen empfunden haben, der aufgibt und das Handtuch wirft. Der mit den Autofahrern in einem Boot sitzt. Die alle da auf der Startlinie stehen müssen, alle in ihrem Elan kastriert sind – drücken wir es ruhig so aus –, und alle ihren Zeitplan nicht einhalten können.

Damals existierte es noch nicht, dieses Mobiltelefon, das man auf den Beifahrersitz legt und auf das man in jedem Moment des Leerlaufs blickt, bei jedem Zwangsstopp im Verkehr, damals gab es nichts als die Geduld, die man brauchte, um die Wartezeit zu überbrücken, man konnte den Radiosender wechseln, die Sonnenblende runterklappen und eine Haarsträhne richten. Für Motorradfahrer

gab es in diesen dreißig Sekunden Zwangsstill-
stand nichts zu tun, sie konnten bestenfalls einem
Mädchen hinterherschauen, kontrollieren, dass der
Rucksack festsaß und dass die Zeit auf der Arm-
banduhr nicht verrücktspielt. Heute überrasche ich
manchmal einen Motorradfahrer dabei, wie er sein
Telefon konsultiert, und schaue gerührt zu, wie er
mit seinen Handschuhen versucht, darauf herum-
zutippen.

An einer roten Ampel anzuhalten ist, man muss
sich das eingestehen, zu einer doppelten Strafe
geworden, seit die Armen, die Obdachlosen, die
Flüchtlinge uns hinter der Scheibe anbetteln, um
ihre Zeitung zu verkaufen, dank der sie vielleicht
den Kopf ein wenig über Wasser halten können,
oder um ein paar Münzen zu bekommen, von
denen keiner sagen kann, in wessen Tasche sie
schließlich landen, und die man wie einen Zoll
zahlt, eine Mautgebühr neuer Art. Claude sagte
häufig, dass Motorradfahrer nie angehauen werden, man hält sie für eine ganz eigene Spezies, eine
Art Mysterium unter einer abschreckenden Ausrüstung, die wie eine Vogelscheuche wirkt. Würde
man das Wort an einen Menschen unter einer
Taucherglocke richten, einen Bienenzüchter oder
einen Astronauten auf dem Weg zum Mond? Man

stellt sich Motorradfahrer so vor, als hätten sie kein Gesicht, keine Worte und kein Portemonnaie.

Claude hat also angehalten, normal und vorsichtig, vor dem Guimet-Museum, auf der Pole Position, bereit, gleich wieder durchzustarten. Er hat den Kopf nach links gedreht und die Jugendlichen gesehen, die aus dem Naturkundemuseum herauskamen, herumgescheucht von ihrem Lehrer. Wir hatten diesen Ort an manchen Wintersonntagen besucht, seit wir ein Kind hatten, angetrieben von dem Wunsch, ihm zu zeigen, was es alles Fesselndes auf der Welt gibt, die Tafeln mit den Käfern und Schmetterlingen, die sich in der obersten Etage unter dem Glasdach fanden, das Skelett eines riesigen Schwertwals, des, wie unser Sohn uns erklärte, schrecklichsten Meeresraubtiers, das deshalb auch den Namen Orcinus orca trug – der den Tod bringt –, ausgestopfte Antilopen und Wölfe, ägyptische Mumien im Untergeschoß, und die asiatischen Masken, die Émile Guimet zweifellos von seinen Reisen nach Fernost mitgebracht hatte, was das Steckenpferd dieses Lyoner Industriellen und großen Sammlers war, wie Claude an einem 2. Juni geboren (das ist ein blödsinniges Detail, aber ich presse jedes Detail nach Sinn aus), im Jahre 1836. Er hatte an der Schaffung dieses

Museums mitgewirkt, eines der harmonischsten und beruhigendsten Orte der Stadt. Seither ist es geschlossen worden, und die Sammlungen wurden ins Musée des Confluences verbracht, im Bedürfnis, den Anforderungen der Gegenwart Genüge zu tun.

Das hat Claude nicht mehr erfahren, aber wenn ich alles aufzählen wollte, was er nicht mehr von der Welt erfahren hat, die sich ohne ihn weiterdrehte, wäre die Liste lang.

Als Claude auf den Eingang des Museums blickte, wo die Gymnasiasten herumstanden, hat er sich vielleicht nur an das gedämpfte Licht erinnert, das im Innern herrschte, oder an das große Mammutskelett, das den ganzen Raum des Saals im Erdgeschoß einnahm, oder vielleicht auch an die Zeit, als er selbst Gymnasiast gewesen war, in Rillieux-la-Pape, und wo die Lehrer ihn im Treppenhaus der Schule herumscheuchten, und nicht im Museum, wo niemand die Kinder unserer Generation hinbrachte.

Was weiß ich denn von seinen letzten Gedanken, dort gegenüber dieser Gruppe Heranwachsender, die sich auf den Beginn der Ferien freuten, und gestoppt von dieser Ampel, die auch sein Leben stoppen sollte. Was ging in seinem Kopf vor, um

16.24 Uhr an diesem Dienstag, dem 22. Juni, kurz vor dem Ende des 20. Jahrhunderts.

Summte er ein Lied, memorierte er sich die drei Noten von *Dirge* von Death in Vegas, die sich vielleicht in Endlosschleife in seinem Kopf drehten, seit er den Song gehört hatte? Oder sang er eher *I Wanna Be Your Dog* von Iggy Pop, eins seiner Lieblingslieder, das er manchmal am Küchentisch pfiff und bei dem er mit einem Messer gegen eine Flasche klopfte, um dieses Geräusch zerbrechenden Glases nachzuahmen, das Iggy als Rhythmus benutzte, was wiederum unseren Sohn amüsierte, der mitklopfen wollte, dem Claude aber nur ein paar Takte gestattete, darum besorgt, sowohl ein Rock-'n'-Roll-Erbe als auch eine Erziehung, die diesen Namen verdient, weiterzugeben.

Claude wartete, dass die Ampel auf Grün sprang, um die letzte Gerade vor der Rhône in Angriff zu nehmen, die etwa 300 Meter lang ist, vor dem Pont de la Boucle und dem Anstieg zur Schule hinauf, dessen Straßenname Rue Eugène-Pons lautet und der den Bewohner von Croix-Rousse wohlbekannt ist für die Enge der Fahrbahn, die Fassaden der Canuts, den Stau hügelabwärts jeden Morgen zwischen acht und neun, die Grundschule auf halber Höhe direkt vor der Kurve, die Dame mit der fluoreszierenden Schutzweste, die den Schulkindern beim Überqueren der Straße hilft, und die die *Kinder Die Dame, die beim Überqueren der Straße hilft* nannten, die Trauben von Eltern vor dem Schultor, die Trauben von Kindern, die die Autofahrer in den Wahnsinn treiben.

Claude wartete und war nur noch fünf Minuten von der Schule entfernt. Vielleicht warf er einen Blick auf die Frau im Auto neben ihm, die im Makeup-Spiegel nachprüfte, ob ihr Lippenstift eine Auffrischung brauchte, aber ich sehe ihn eher einen Meter weiter vorn, beide Füße fest auf dem Boden, seine langen Beine auf beiden Seiten des Motorrads fest auf dem Asphalt, der linke Fuß bereit, den ersten Gang einzulegen, auf das Pedal zu drücken, das das Getriebe schaltet, klack, zugleich mit der Linken die Kupplung kommen lassend, bevor er dann am Gasgriff drehen und die noch stehenden Autos hinter sich lassen wird.

Claude wartete, und ich frage mich, welche geheime Macht, welche unsichtbare Kraft dafür hätte sorgen können, dass er nicht losfährt, dass er stehen bleibt, dass er nicht dieser Gefahr entgegenfährt, die hundert Meter weiter auf ihn lauert.

Fahr nicht los.

Spiel nicht mit bei diesem erzwungenen Spiel der roten Ampel, die an deiner Stelle entscheidet, wann du anhältst und wann du fährst. Bleib da und schau dir die Gymnasiasten an, die auf der Treppe zum Museum herumalbern. Bleib in der Schwebe, verloren in den Gedanken, die dir kommen, die dich zurückwandern lassen in die Sozialbausiedlung, in die Klasse, in der du neben Mohamed Amini gesessen hast, der später Gitarrist der Band Carte de Séjour werden sollte und dich zu deinen ersten Rockkonzerten eingeladen hat. Mohamed Amini, der jetzt, während ich diese Zeilen schreibe, gerade verstorben ist, genau wie dein Freund Rachid Taha, der Sänger der Band, im selben Jahr wie du in Algerien geboren.

Bleib stehen, rühr dich nicht.

Should I stay or should I go, singt Joe Strummer, der Frontman von Clash, auf dem Album *Combat Rock* von 1982. Das Claude auswendig kannte und zu dem er manchmal getanzt hatte, in dieser spezifischen Art, in der er seinen katzenhaften Körper bewegte, noch immer unter dem Einfluss der New-Wave-Gestik, die ihn abwechselnd Arme und Beine, die in einer hautengen Hose steckten, nach vorn strecken ließ.

Wenn ich nicht am Dienstag, dem 22. Juni nach Paris gefahren wäre, sondern am Freitag, dem 18. wie geplant. Wenn mein Bruder nicht nach einem Stellplatz Ausschau gehalten hätte. Wenn die Merciers nicht meinem Drängen nachgegeben hätten, ihr Haus zu kaufen. Wenn wir die Schlüssel nicht im Voraus bekommen hätten. Wenn meine Mutter nicht meinen Bruder angerufen hätte. Wenn ich nicht das Angebot meines Bruders abgelehnt hätte, unseren Sohn auf die Urlaubsreise mitzunehmen. Wenn ich aus Paris angerufen hätte, um Claude zu sagen, dass er unseren Sohn nicht von der Schule abzuholen brauchte. Wenn Claude nicht das Motorrad meines Bruders genommen hätte. Wenn er nicht die 300 Francs im Geldautomaten vergessen hätte. Wenn er Coldplay gehört hätte und nicht Death in Vegas. Wenn es Tadao Baba nie gegeben hätte. Wenn die Freihandelsverträge zwischen Japan und der Europäischen Union nie unterschrieben worden wären. Wenn nicht so schönes Wetter geherrscht hätte. Wenn Denis R. den 2CV nicht seinem Vater zurückgebracht hätte. Wenn die Ampel nicht auf Rot gesprungen wäre. Nicht, nicht, nicht, nicht, nicht, nicht, nicht.

Und natürlich ist Claude losgefahren.

Claude hat den ersten Gang eingelegt. Die Zeugen haben nichts gesehen, aber sie haben den grollenden Lärm einer Beschleunigung gehört. Niemand hat irgendetwas gesehen, wie üblich. Was machen die Leute, die spazieren gehen, eigentlich mit ihren Augen, mit ihren Sinnen? Der Polizeibericht, den ich in Händen halte, ist eindeutig. Claude ist mit Vollgas losgefahren. Als stünde er am Start jenes berühmten japanischen Rennens, für das die Maschine gebaut war, jener acht Stunden von Suzuka. Und dabei könnte man doch meinen, dass ein solches Langstreckenrennen einen Kavaliersstart unnötig macht. Komischer Ausdruck. Vermutlich ein Wheelie. Nichts gesehen, aber alles gehört.

Claude war nicht taub, trotz des Lärms, den er produzierte, wahrscheinlich unwillentlich. Er war nicht taub, aber er litt seit einigen Jahren unter Tinnitus. Was unter anderem vermutlich daran lag, dass er lange sehr laut Musik gehört hatte, vor allem in Konzertsälen, wo in den frühen Achtzigern die Lautstärke nicht wirklich begrenzt war, und wo er damals anfing, sehr häufig hinzugehen. Dieser Tinnitus tauchte meistens nachts auf, wenn die Geräusche von draußen verstummt waren und stattdessen das innerliche Summen einsetzte und ihm den Kopf so dröhnen ließ, dass er manchmal aufstehen und in der Wohnung umhergehen musste, bis die akustischen Frequenzen endlich ein Einsehen hatten und seinen Schädel verließen.

Ich glaube heute sagen zu können, dass der berüchtigte Wheelie-Effekt, von dem einige Motorradfahrer auf Websites erzählen, die ich studiert habe, nicht gewollt war. Der Wheelie-Effekt ist das Fahren auf dem Hinterrad, in das das Motorrad aufgrund eines mathematisch darstellbaren Verhältnisses gerät, das sich mittels einer Gleichung zwischen seinem Gewicht (extrem gering) und seiner monströsen PS-Zahl errechnen lässt.

Lag es also daran, dass der Gasgriff eine Idee zu heftig aufgedreht wurde, wie man in Claudes Familie gesagt hätte, dass die Honda 900 CBR Fireblade sich ungewollter Weise aufbäumte und ihren Piloten abwarf, und zwar direkt vor dem Fünf-Sterne-Hotel Reine Astrid, jener Göttin aus dem definitiv verlorenen Norden und Königin von Belgien bis zu jenem Autounfall im August 1935, der sie, noch keine dreißig Jahre alt, das Leben kostete, während sie mit ihrem Mann König Leopold III. in der Nähe des Vierwaldstätter Sees in der Schweiz in einem Bugatti Cabriolet fuhr.

Man kann hier alle möglichen Zufälle am Werk sehen oder geheime Zeichen in den Fakten, den

Daten, der Art, wie ein Vorfall in den anderen zu greifen scheint. Man kann der Sichtweise anhängen, dass Belgien, Japan und Algerien hier auf dem Asphalt von Lyon eine tragische Begegnung erleben und darüber nachdenken, man kann Sinn suchen dort, wo keiner ist, aber zu wissen, dass Claude vor dem Reine-Astrid-Hotel gestürzt ist, oder trauen wir uns ruhig, es so zu formulieren: zu Füßen von Königin Astrid selbst, das ist zwar idiotisch, aber der Gedanke schmerzt ein bisschen weniger, ganz so, als hätte er im Grab der Königin Zuflucht gefunden. So als gäbe es die Idee einer Gemeinschaft der auf der Straße Verunglückten. Was dann wieder die ewige Frage nach dem einzelnen unbeabsichtigten Todesfall stellt, den man zufällig nennt und der in der Rubrik Vermischtes gemeldet wird, im Vergleich zu den massenhafteren und respektableren, die den großen historischen Bewegungen geschuldet sind. Auf einer Bananenschale auszurutschen, hat nicht den gleichen Sinn, wie unter Bomben oder unterm Terror einer Diktatur zu sterben. Das ist der Grund, warum ich nach Partnern suche. Und auch nach versteckten Motiven, egal, wie verdreht oder zusammenfantasiert oder psychoanalytisch, aber deswegen nicht weniger soziologisch oder politisch. Es gibt keinen Grund.

Zu wissen, dass der Ehemann von Astrid, der am Lenkrad saß, das Steuer verrissen hat, weil er einen Blick auf die Straßenkarte warf, die seine Frau nicht entziffern konnte, und daraufhin gegen einen Baum prallte, bevor er seine Fahrt im Schilf des Sees beendete, beruhigt mich beinahe, lässt mich aber auch perplex. Und bringt mich zu der Einsicht, dass die Fahrt in einem Auto und auf einem Motorrad für den Beifahrer keine Gemeinsamkeiten hat, denn der ist es auf einem Zweirad nie, der die Straßenkarte liest. Er hat nie etwas mit dem Lenken zu tun, keine Aktivität geht von ihm aus, kein Ratschlag kann aus seinem Mund kommen, wegen des Fahrtwindes, wegen des Motorenlärms, auch keine der manchmal etwas ungeschickt ausgesprochenen Warnungen, die dazu führen, dass Paare im Auto immer wieder einmal lauter werden und manchmal sogar Drohungen ausstoßen, vor allem diese hier: Du hältst auf der Stelle an und ich steige aus. Das Duo auf einem Motorrad ist von völlig anderer Art. Reden kann man nicht, es geht nur darum, sich festzuhalten, sich tragen zu lassen und sich dabei gezwungenermaßen leicht zu fühlen. Was nicht heißt, dass man nicht im Stillen zittert und am Ende der Fahrt dennoch eine Szene macht.

Wenn ich an jenem 22. Juni 1999 Beifahrerin gewesen wäre, dann wäre der Unfall nicht passiert. Im Übrigen hätte ich gar nicht Beifahrerin sein können, denn auf der Honda 900 CBR ist kein Platz für zwei. Oder, wenn man genau hinschaut, nur ein lächerliches Polster über den Stoßdämpfern, auf das ich mich nie und nimmer gesetzt hätte, um dann wie ein Affe auf dem Schleifstein dazuhocken. Das krasse Gegenteil zu der entspannten Sitzposition, die einen großen Teil des Spaßes am Motorradfahren ausmacht, sowohl für den Fahrer als auch für den Beifahrer, und die man zum Beispiel auf Claudes Suzuki Savage einnimmt, dieser zivilen Version von *Easy Rider* (mit sehr viel weniger Bling-Bling), Dennis Hoppers Film, der ganze Horden von Klonen auf die Straßen brachte, die alle versuchten, den amerikanischen Traum nachzuleben. Zu einer Zeit, als dieser Traum noch Sinn hatte.

Der Zeitpunkt des Unfalls laut Polizeibericht ist 16.25 Uhr.
Der Ort: Ecke Boulevard des Belges/Rue Félix Jacquier.
Félix Jacquier, von dem niemand je gehört hat, wenn ich das so sagen darf, hat immerhin die Besonderheit, einer der ersten Bankiers der Stadt

gewesen zu sein, und außerdem Präsident der Öffentlichen Krankenhäuser von Lyon von 1858 bis 1867. Ohne es zu wissen, hat er also Teil gehabt am Empfang Claudes bei seiner Einlieferung in die Notaufnahme. *Damn*, in dieser Stadt läuft wirklich alles wie am Schnürchen.

Claude ist vor die Füße einer Königin und in die Arme eines Bankiers gefallen. Die Bezirke Lyons erzählen nicht alle die gleiche Geschichte. Claude lebte auf dem Hügel der Canuts, dem Hügel jener Arbeiter, die 1831 eine Revolte anzettelten (im selben Jahr, als Frankreich Algerien kolonisierte), und er ist in einem der schicken Viertel gestorben. Wie sehr ich mich auch bemühe, in dieser grotesken Verbindung etwas Symbolisches zu sehen, stoße ich doch auf eine Absurdität, die mich enttäuscht. Nein, da gibt es nichts zu verstehen und nichts zu sehen, es ist, als versuche man, ein brottrockenes Stück Wäsche auszuwringen. Und dennoch.

23.

*Wenn Denis R. nicht beschlossen hätte,
seinem Vater den 2CV zurückzubringen.*

Zu dem Zeitpunkt, als Claude die Mediathek verließ, war der Fahrer des 2CV, der ihm dann auf der anderen Spur entgegenkommen sollte, und dessen Name im Polizeibericht verzeichnet war, den man mir später übergab, Denis R., ebenfalls dabei, von seinem Arbeitsort aufzubrechen. Einer Grundschule, an der er als Referendar arbeitete. Dieser junge Mann von 23 Jahren, der keinerlei Mitverantwortung an dem Unfall trägt, kam in langsamer Geschwindigkeit auf der Gegenfahrbahn in dem Moment an, als Claude stürzte und dann die Straße entlang rutschte.

Zum selben Zeitpunkt, als Claude die Mediathek verließ, stieg Denis R. in den 2CV, der seinem Vater gehörte und den er ihm zurückgeben musste, damit er verschrottet würde. Es war die letzte Fahrt dieses Autos, das auf dem letzten Loch pfiff. Denis R.

hätte an diesem Tag nie den Boulevard entlangfahren dürfen, aber er hatte es sich im letzten Moment anders überlegt und entschieden, das Auto nach der Arbeit zurückzubringen, anstatt das Wochenende abzuwarten. Dann wäre das Ganze vorbei und man müsste nicht mehr darüber reden. Das hat er mir anvertraut, als wir uns mehrere Jahre danach trafen.

Das Auto seines Vaters, das Motorrad meines Bruders.

Ich erfuhr schließlich, dass Denis R. Musiker ist, dass er die Musik liebt, die auch Claude hört, dass er eine Band gegründet und ein Album aufgenommen hat. Als ich mich endlich in der Lage fühlte, ihm zu schreiben und ihn dann auch kennenzulernen, beinahe zehn Jahre später, ging ich mir zunächst in ein Konzert von ihm, vielleicht einfach, um mir sagen zu können: Das ist er, um mir diese Augen anzuschauen, die gesehen haben, die das gesehen haben, was ich nicht weiß. Er sang im Vorprogramm von Mathieu Boogaerts, den Claude einige Monate vor dem Unfall interviewt hatte; daran erinnere ich mich genau, weil er mir das kanariengelbe Merchandising-T-Shirt mitgebracht hatte, in dem ich jahrelang schlief (und das ich behalten habe, auch wenn es total ausgeblichen ist), und auf dem *Super* aufgedruckt ist, der Titel des Albums.

Denis R. sang also im Vorprogramm von Mathieu Boogaerts, das war im Marché Gare in Lyon, der auch zerstört wurde und dann im letztmöglichen Augenblick, jetzt, da ich diese Zeilen schreibe, inmitten dieser großen Baustelle, die das ganze Viertel La Confluence verunstaltet, komplett neu wiederaufgebaut wurde. Ich hatte Marie gebeten, mich zu begleiten, umso mehr als ich glaubte, ich würde Denis R. nach dem Konzert in seiner Garderobe treffen, wozu ich dann aber nicht den Mut aufbrachte, zum Glück.

Seit dem Unfall hat Denis R. mehrere recht melancholische CDs aufgenommen, auf einer davon gibt es ein Chanson, das *Pardon* heißt. Vermutlich keinerlei Zusammenhang, aber ich habe entschieden, dass es doch einen gibt. Man kann in den Text eines Lieds alles hineininterpretieren. Genauso wie man in jeder beliebigen Konfiguration der Realität Sinn finden kann.

Der 23-jährige Mann, der den 2CV fuhr und derjenige, der Erste Hilfe geleistet hat, ist ein und derselbe. Denn außer Referendar und Musiker zu sein, war er auch bei der freiwilligen Feuerwehr. Auch das erzählte er mir an dem Tag, als wir uns in einem Café in Croix-Rousse trafen. Er vertraute

mir die letzten Worte an, die Claude gesprochen
hat.

Ich bin aus Paris mit dem TGV zurückgekommen,
der um 21 Uhr in Lyon eintraf, ich hatte nicht einmal zum Zug rennen müssen, denn die Installation von Ousmane Sow auf dem Pont des Arts
hatte mich nicht viel Zeit gekostet. Ich konnte es
mir sogar leisten, zu Fuß bis zur Gare de Lyon wei-
terzugehen, um von der sommerlichen Luft zu profitieren und all die guten Schwingungen des Tages
zu rekapitulieren.
Bei meiner Ankunft hielt Guy am Ende des Bahn-
steigs nach mir Ausschau. Er war von dem Unfall
informiert worden, aber noch nicht von seinem
Ausgang. Er sagte mir lediglich, die Schulter sei
verletzt. Ich war verblüfft, Guy zu sehen, aber nicht
über alle Maßen. Ich kam gar nicht auf den Gedanken, ihn zu fragen, wie er davon erfahren hatte.
Wir wurden in die Handlung hineingeworfen. Guy
wollte mich zur Wohnung begleiten. Als wir dann
dort waren, blieb er. Er tigerte durchs mit Umzugs-
kartons vollgestellte Wohnzimmer, während ich die
Nachrichten auf dem Anrufbeantworter abhörte.
Es gab nichts Ungewöhnliches, nur eine Nachricht
von Christine, der Mama von Louis, der unseren
Sohn eingeladen hatte, nach dem Geburtstag bei

ihm zu übernachten. Und zwei Anrufe in Abwesenheit. Guy lehnte das Bier ab, das ich ihm anbot.

Guy war seltsam, doch mir fiel nichts auf. Alles war irgendwie schief, aber es kümmerte mich nicht. Wahrscheinlich war mein Hirn bereits angegriffen, bereits auf dem Weg, die Taste »Verweigerung« zu drücken. Guy schlug vor, ins Krankenhaus zu fahren, um Neuigkeiten zu hören. Es war ihm unmöglich rumzusitzen. Ja, klar, wir mussten dorthin. Guy fuhr durch die ausgestorbenen Straßen Lyons. Er rauchte bei offenem Fenster, er bot mir Zigaretten an, ich rauchte mit ihm in der abendlichen Wärme. Es war noch nicht dunkel, der Tag dehnte sich, ich war weit davon entfernt, mir das Schlimmste vorzustellen. Ich kam von diesem Pariser Tag nach Hause, der so voll von positiven Signalen gewesen war, was meinen demnächst erscheinenden Roman betraf, und hatte nur die Neuerscheinungssaison im Kopf, die bevorstand. Ich hatte ein Exemplar für Claude in meiner Handtasche, das in einem Umschlag steckte, *Nico*, der Roman, den er nie lesen sollte.

Im Édouard-Herriot-Krankenhaus fragte Guy am Empfang nach, aber es war noch zu früh für eine Auskunft, ich wartete im Auto, ich fand immer noch nichts verdächtig. Guy war nervös und schweigsam, aber so ist er immer. Auch während der zahlreichen Wochenenden, die wir zusammen verbrachten, mit Michelle, Philippe und Béatrice, in diesem Bauernhaus, das ein Landwirt ihm in der Bresse vermietete. Wir fuhren ein weiteres Mal in die Wohnung zurück, ich fragte ein weiteres Mal den Anrufbeantworter ab, ohne dass irgendetwas Neues geschehen war. Guy verweigerte das Bier, das ich ihm anbot. Er wollte telefonieren. Nach dem Auflegen sagte er mir, es sei ernst. Ich wagte nicht nachzufragen. Wahrscheinlich wollte ich es nicht wissen. Guys Gesicht war verschlossen, aber er hat oft ein verschlossenes Gesicht, selbst wenn wir auf der Wiese nach Pilzen suchten, selbst wenn er das Feuer im Holzofen anzündete. Ich stieg wieder ins Auto und ließ mich chauffieren. Ich überließ es Guy, die Dinge in die Hand zu nehmen. Wir fuhren, ich erinnere mich, dass es sehr lange dauerte.

Gegen Mitternacht, nach neuerlichen Versuchen, am Empfang etwas zu erfahren, bat Guy mich, aus dem Auto auszusteigen. Ich hatte das Gefühl, dass meine Sandalen etwas zu weit waren, ich musste die Riemen fester ziehen. Ich tat, was Guy mich bat zu tun. Nach einem undeutlichen Moment, in dem ich Guy auftauchen und wieder verschwinden sah, einmal von vorn, einmal von hinten, sprach mich auf dem Parkplatz eine Frau an, ich weiß nicht, woher sie gekommen war. Alles um mich herum war dunkel. Ich wusste nicht, dass sie Notärztin war. Sie war es, die den Satz sagte, der mein Leben entzweischneidet: Wir haben nichts mehr tun können. Diesen Satz, der das Vorher vom Nachher trennt. Ein Falz, so scharf wie eine Messerklinge. Es geschah auf einem Parkplatz, es gab keinen Hintergrund. Ihr Gesicht in der Nacht, ich würde es nicht wiedererkennen können.

Es hat mich Wochen gekostet, um den Todeszeitpunkt Claudes zu erfahren. 21.30 Uhr. Wenn ich anrief, verwies mich das Krankenhaus von einer Abteilung zur nächsten. Einmal fragte man mich, warum mir an dieser Information so sehr gelegen sei. Ich wusste es, intuitiv wusste ich es, aber ich wollte Gewissheit, ich wollte, dass man mir sagte, dass er auf mich gewartet hatte.

Später erfuhr ich, dass die Notärztin vom Parkplatz auch die Frau des Notars war, des so zuvorkommenden Freunds von Guy. Auch hier gibt es nichts zu verstehen, reiner Zufall. Reine Choreografie des Schicksals.
Begegnungen, Freundschaften, Überschneidungen, Gefälligkeiten. Wochenenden auf dem Land. Zufälle. Das Leben in seinem ganzen Fluss.

Es gibt da nichts zu verstehen, jeder spielt seine Rolle. Jeder an seinem Platz in der Stadt, mit voller Berechtigung: der Arzt, der Notar, der Lehrer, der Feuerwehrmann, der Polizist, der Bibliothekar, der Bankier, der Pfarrer. Sowas nennt man eine Gesellschaft.

Alles läuft so glatt. Es funktioniert, es funktioniert nicht, zum Besseren und zum Schlechteren.

Der Journalist, der Angestellte des Bestattungsunternehmens, die Schriftstellerin.

Es gibt kein Wenn.

DIE SONNENFINSTERNIS

Alle Welt redete über die Sonnenfinsternis. Du hättest es dir nicht vorstellen können, jeder suchte nach Spezialbrillen, um die Sonne sehen zu können, die angeblich mitten am Tag hinter dem Mond verschwinden sollte. Es war nur noch die Rede von diesen Brillen, die man in Tabakläden finden konnte, im Monoprix, auf Marktständen. Zugelassene Brillen und die anderen, die Fälschungen, die man auf jeden Fall vermeiden sollte, wenn man sich nicht die Netzhaut verbrennen wollte. Die Sonnenfinsternis war das Thema dieses letzten Sommers des Jahrhunderts. Es war das letzte Mal Sommer, ein erstes Mal ohne dich.

Paco Rabanne verkündete das Ende der Welt mit dem Absturz der Raumstation Mir auf Paris, und ich war ihm dankbar dafür, dass es endlich eine Nachricht gab, die mich persönlich betraf. Ich wollte ihm glauben, ich wollte, dass er recht hat, dass wir schließlich alle vernichtet würden, alle

gleich sein würden, aber ich konnte diesen bösen
Gedanken niemandem mitteilen.

Am 11. August hatte ich nichts vor, nicht mehr als
am 10. oder am 12., die ganze Woche war schreck-
lich leer. Ich betrat diese lange Zeitwüste, als
würde ich mich in einer riesigen Brache fortbewe-
gen. Es waren die vierzehn Tage, in denen Théo
in der Ferienkolonie war. Ich hatte nicht gewusst,
ob ich seinen Aufenthalt auf dem Land aufrecht-
erhalten oder stornieren sollte, ob ich auch noch
Unordnung in den Wahnsinn bringen sollte. Unser
ganzes Leben war zu einer derartigen Anomalie
geworden. Was hättest du an meiner Stelle getan?
Alles hätte seine Berechtigung gehabt, und da ich
jetzt alleine die Entscheidungen zu treffen hatte,
war ich unfähig, einen klaren Gedanken zu fas-
sen. Ich würde nichts am vorgesehenen Prozedere
ändern, wir hatten die Wahl dieses Aufenthalts
so sorgfältig getroffen. Ich hatte diese vielzitierte
Brille in Théos Rucksack gepackt. Wenigstens hätten wir uns das zu erzählen, wo uns doch der gewaltige Schlag, den wir erlitten hatten, ohne Worte
ließ.
Wenn er sich die Sonnenfinsternis ansähe, dann
würde er vielleicht an mich denken, die ich dasselbe sah wie er. Er und ich miteinander verbunden

im selben Augenblick, beide im Sonnensystem verloren.

Und ganz bestimmt würde er an dich denken, seinen Stern, der hinterm Mond verschwand.

Ich stand so spät auf, dass die Sonne schon hoch
am Himmel stand, und die Finsternis war für
11.22 Uhr vorgesehen. Ich brauchte diese Wieder-
kehr der Zahl 22. Ich ließ das Auto an, nachdem ich
übertrieben lange unter der Dusche geblieben war.
Ich legte die Kilometer zurück, die mich vom Haus
meiner Eltern trennten, ohne das Autoradio einzu-
schalten (ich konnte keine Musik mehr hören, ich
verstand jetzt Marguerite Duras, die einmal gesagt
hatte, wie sehr Musik sie niederschmettern konnte,
was ich bis dahin für eine etwas effekthascherische
Erklärung gehalten hatte). Autobahn, Urlauber,
Anhänger, Motorboote, Paare, Kinder, das Leben,
das läuft wie ein Wasserhahn mit lauwarmem Wasser.

Das Leben der Anderen.

Ich war 36 Jahre alt, und ich fuhr zu meinen Eltern,
um die Sonnenfinsternis anzusehen. Ich hoffte,
Paco Rabanne würde recht behalten.

Komischer Kauz, dieser Paco, den ich plötzlich ins
Herz geschlossen hatte, auch er hatte seinen Vater
jung verloren, der von Franco erschossen worden

war, ich sagte mir, wenn Paco es geschafft hatte, dann würde Théo es auch schaffen, ich dachte überhaupt in solchen Querverbindungen, die Sachen gingen mir kreuz und quer durch den Kopf, ein Vater wurde erschossen, und zwanzig Jahre später verantwortete das zum Erwachsenen gewordene Kind eine Modenschau mit jenen zwölf untragbaren Kleidern aus Metall, Glas, Leder, die die Ästhetik revolutionierten. Das Kind, das zum Modeschöpfer geworden war, war der erste, der schwarze Frauen über den Laufsteg gehen ließ, er ging allen auf die Nerven, dieser Paco, der als Siebenjähriger zum ersten Mal seinen Körper verließ, um astrale Reisen zu machen, auf denen er andere Leben lebte, alle extravagant, andere Leben als das, das ihn im Lager von Argelès hatte landen lassen, mit seinem Medium von Mutter und dem Phantom des abwesenden Vaters.

In diesem Sommer machte sich alle Welt über Paco Rabanne lustig, klar, dass man darauf aus war, ihn lächerlich zu machen, einen Typen, der sich als baskischen Nachkommen der Bewohner von Atlantis bezeichnete, der die Zerstörung von Paris verkündete und das Ende der Welt, weil er den Prophezeiungen von Nostradamus Glauben schenkte, einem Typen, der behauptete, 1999 würde der Augenblick der großen Explosion kommen, und da gab es natürlich eine ganze Menge Leute, denen diese Prophezeiung aber sowas von gegen den Strich ging.

Wogegen sie mich befreite, ich betete darum, dort am Steuer meines Wagens, dass sich um 11.22 Uhr der Himmel verdunkele, dass er immer schwärzer und bedrohlicher würde, in der Nacht verschwände, um dann in einem Lichtblitz unterzugehen, der die ganze Erde verbrennen würde wie eine Fackel. Das Einzige, was ich gewollt hätte, wäre in diesem Moment Théo in meinen Armen zu halten.

Mein Vater tauchte hinter dem Tor auf, ganz fiebrig und vom Motorengeräusch des 106 rausgelockt, er warf einen Blick auf die Uhr und drängte mich. Es kam nicht in Frage, einen Kaffee zu trinken oder sich in einen Sessel fallen zu lassen. Es kam nicht in Frage, einander zu fragen, wie es dem andern gehe (aber das brachten wir sowieso nicht übers Herz). Er reichte mir die Brille, die er für jeden von uns dreien vorgesehen hatte, sie kamen mit seinem Abonnement von *Le Progrès*, und dann zwang er uns, uns nebeneinander auf die Terrasse zu stellen, meine Mutter auf der einen, ich auf der anderen Seite. Wir sahen aus wie von Edward Hopper gemalte Gestalten, starr vor der Landschaft stehend, ein wenig steif und verlegen in Erwartung, dass das Spektakel begann. Ich hatte seit dem Tag des Unfalls nicht mehr auf den Horizont geblickt, abgeschreckt von der Schönheit, die für mich nicht mehr erreichbar war (im Juli hatte meine Cousine mich nach Giverny mitgenommen, damit ich eine Verschnaufpause bekäme, ich hatte versucht, die Seerosen und all das zu genießen, aber ich war noch im Modus der Realitätsverweigerung, ich sah die Welt wie hinter einer Glasscheibe, das waren die Anfänge einer langen Reise, auf der ich das Gefühl hatte, permanent neben mir zu stehen).

Vielleicht warst du ja doch im Himmel, so wie es Tante Olivia am Tag deines Begräbnisses zu Théo gesagt hatte (Dein Papa kommt jetzt in den Himmel; Théo musste mehrere solcher Sätze über sich ergehen lassen, während man mir ins Ohr flüsterte: Was dich nicht umbringt, macht dich stärker), aber ich suchte den Himmel wesentlich intensiver ab, als ich gesollt hätte, und zum Glück schützte mich meine Pappbrille.

Die Nachbarn standen in ihrem Gemüsegarten und winkten meinen Eltern zu. Ein Schwarm von Schwalben ging im Sturzflug nieder und verschwand. Ein Hund bellte, bis sein Gebell in ein Jaulen überging und immer leiser wurde. Alles wurde ganz still. Alles war lastend und beängstigend. Die Wärme auf der Terrasse ließ nach, und die Schatten wurden länger, ich spürte, wie die Hitze sich zu Kühle wandelte, als würde das Blut sich aus meinen Adern und meinem ganzen Körper zurückziehen.

Es sind jetzt zwanzig Jahre, und ich muss mich dazu durchringen, die Waffen zu strecken. Das Haus zu verlassen heißt auch, dich loszulassen.
Die Natur, die mich umgibt, wird sich in Beton verwandeln, und die Landschaft verschwindet. So wie manchmal der Klang deiner Stimme verschwindet.
Nach dieser so sehr langen Reise.

Nach dieser irrsinnigen Überfahrt, auf der dein Sturz alle denkbaren Arten zu fallen nach sich gezogen hat. Alle denkbaren Arten wieder aufzustehen. Alle denkbaren Arten sich wiederzufinden. Es hat so viele Zeichen gegeben, so viele Zufälle, so viele heimliche Begegnungen. Unmitteilbares, besser verschwiegenes Leben. Da gab es das Gefühl, dass du mit mir verschmilzt. Dass ich Mann und Frau zugleich wurde.

Da gab es die Freunde, die einen Damm errichtet haben, die mir halfen, das Haus neu zu streichen. Da gab es die Bücher, die ich geschrieben habe, diese Wörter wie Ziegelsteine, die ich trotz allem festzementieren musste. Da gab es Théo und seinen Einfallsreichtum, seine Ideen, um dich auferstehen zu lassen, und dann, um uns zu retten. Und dieser Geburtstag, an dem ich unter den Blicken der anderen tanzte, mein vierzigster. Da gab es die ersten Male, das Gefühl von der Gefahr, die sich entfernte, dann diese unerwartete, beängstigende Freiheit, die mich jedes Risiko eingehen ließ. Da gab es den Schwindel der neuen Liebe trotz der Leerstelle. Gemisch von Lust und Leid, alle Widersprüchlichkeiten, das Leben wie im Schleudergang einer Waschmaschine.

Da gab es die Treue und das Schuldgefühl.

Die großen Worte.

Das doppelte Leben, das pulsiert wie ein Song der Sparks.

Wieder muss ich Kartons packen, deine Platten bruchsicher schützen, deine Musikinstrumente einhüllen.

Alles Vogelgezwitscher wird von Motorengeräusch übertönt werden. Immer wieder die Vergaser. Und Bulldozer werden alles plattmachen, was zuvor noch lebendig war.

Es sind jetzt zwanzig Jahre, und meine Erinnerung wird löchrig. Manchmal passiert es mir, dass ich dich verliere, ich lasse dich aus mir hinaus.

Manchmal muss ich mich konzentrieren, um deine Züge zu rekonstruieren. dass es einmal soweit kommt, hätte ich mir nie träumen lassen. Um alle Details wiederzusehen. Um mir deinen Blick wieder vor Augen zu rufen, muss ich eine ganz bestimmte Szene heraufbeschwören. Ich rede dabei nicht von deinen Augen, deren schwarz-samtige Intensität ich auswendig kenne, sondern von deinem Blick. Ich muss mich konzentrieren und diesen einen Augenblick wieder zum Leben erwecken, den ich im Geist fotografiert hatte. Ich erinnere mich, dass ich mir damals sagte: Für alle Fälle.
Ich glaube, dieses Spielchen spielt jeder. Ein Bild bewahren. Für alle Fälle.
Du hast im Badezimmer gekniet, du hast irgendetwas in dem Schränkchen unterm Waschbecken gesucht, wahrscheinlich die Tube mit dem Gel (dessen Duft ich liebte), mit dem du immer dein dickes Haar gebändigt hast, das war in der Wohnung ein paar Wochen vor dem Umzug. Ich betrat den Raum und du bist aufgeschreckt. Als wärst du wütend auf mich, die Tür so unvermittelt aufzustoßen, und ich war völlig verblüfft, dich dort mit nacktem Ober-

körper zu sehen, so entwaffnet. Du hast den Blick zu mir gehoben, das Tageslicht schien von hinten durch das halb geöffnete Fenster auf deinen Rücken. Du warst ungeheuer schön.

In deinem Blick lag etwas Zerbrechliches und Anrührendes. Als wärst du plötzlich aus einer anderen Welt getreten. Du dort unten am Boden, ich über dir stehend. Und diese Schultern, dieser Bizeps, fast wie bei einem Jüngling. Bevor ich die Tür wieder zumachte, habe ich irgendeinen Halbsatz gestottert, etwas mit »Pardon« darin, ein »Pardon« als Höflichkeitsfloskel. Dann die falsche Scham, die du beim Verlassen des Bads gespielt hast. Dieses angedeutete komplizenhafte Lächeln. Während ich mich durch den Flur entfernte, blieben dieser Blick, die Andeutung, die Bände sprach, bei mir.

Auch dein Ton blieb bei mir, als du ganz zuletzt noch gefragt hast: Alles klar? Du hast nichts anderes gesagt als: Alles klar? Mit dieser tiefen und ein wenig aufgerauten Stimme, als wolltest du ganz sicher gehen, dass keinerlei Schatten auf den Augenblick fällt.

Ich drehte mich um, etwas war geschehen.

Ich war beruhigt.

Titel der Originalausgabe
VIVRE VITE
© Editions Flammarion, Paris, 2022

Dieses Buch erscheint im Rahmen des Förderprogramms
des Institut Français.

2. Auflage 2023
© Frankfurter Verlagsanstalt GmbH,
Frankfurt am Main 2023
Alle Rechte vorbehalten
Herstellung: Laura J Gerlach
Satz: psb, Berlin
Druck und Bindung: GGP Media GmbH, Pößneck
Printed in Germany
ISBN 978-3-627-00313-5